韦树丛 ◎ 著

清欢自渡

北方文藝出版社
·哈尔滨·

图书在版编目（CIP）数据

清欢自渡 / 韦树丛著. -- 哈尔滨：北方文艺出版社，2022.6
ISBN 978-7-5317-5489-3

Ⅰ.①清… Ⅱ.①韦… Ⅲ.①散文集 – 中国 – 当代
Ⅳ.①I267

中国版本图书馆CIP数据核字(2022)第043536号

清 欢 自 渡
QINGHUAN ZIDU

作　　者 / 韦树丛	
责任编辑 / 富翔强	装帧设计 / 王珍珍

出版发行 / 北方文艺出版社　　　邮　编 / 150008
发行电话 / (0451)86825533　　　经　销 / 新华书店
地　　址 / 哈尔滨市南岗区宣庆小区1号楼　　网　址 / www.bfwy.com
印　　刷 / 武汉市籍缘印刷厂　　　开　本 / 880×1230　1/32
字　　数 / 139千　　　　　　　　印　张 / 8.25
版　　次 / 2022年6月第1版　　　印　次 / 2022年6月第1次印刷
书　　号 / ISBN 978-7-5317-5489-3　定　价 / 68.00元

"书,不可不读;字,可写可不写。无论是读还是写,都是对文字的一种敬畏。"

王明庆 摄

懂我和我懂,都是最好的故事。

赵恩然 摄

静坐听雨，闲时看云。

生活就是尝尽酸甜苦辣，最后回归人间烟火。

韦树丛　摄

你是世间美好,我是人间值得。

希望平凡的我们,都能活得洒脱。

王克棣 摄

在万千岁月里，总有一些时候思绪万千，总有一些事情萦绕心头，亦有一些美景流连忘返，还有一些人儿难以忘记。

　　这些散文是生活的呈现，也是我身边的点滴，令人印象深刻的事情，往往是悲喜参半，有苦有泪，有甜有笑，人生亦是如此。点滴之中，看尽人生美好，也感悟人间百态，但请始终坚信：脚下有路，心中有爱。

写给我和你

2021 年 6 月 6 日

目 录
CONTENTS

第一章　四季羽翼

盼望有时，春情不尽 /3

静待花开，清香自来 /6

夏至将至 /9

明湖夏时 /14

我与秋天有个约 /17

冬心 /21

雪作飞花，我做客 /24

第二章　懂得

懂我和我懂，都是最好的故事 /29

我是一棵树 /33

隐形城墙 /36

读书，是一件美事 /39

闲敲棋子落灯花 /43

清茶一盏，品尽人生百态 /46

毛毛 /50

猫 /54

第三章　走过才可知

悲伤在流浪 /61

各自的世界 /69

离别 /74

永别 /80

孤单的影子 /86

走过才可知 /89

我们 /96

第四章　世间美好

静坐听雨 /101

闲时看云 /105

小院寒梅 /108

吊兰 /117

清风话竹 /120

寒霜秋菊 /124

山野之间 /129

风的季节 /133

误入藕花深处 /137

白蜡树之美 /141

芦苇丛 /145

第五章　人间烟火

人间烟火 /151

凉秋暖实 /156

秋日私语 /160

垂钓 /165

呢喃声声 /172

老鼠 /180

麦香 /187

栗子 /194

一只苍蝇的结局 /197

在角落 /201

第六章　平凡的我们

平凡的我们 /207

水阔山遥夜彷徨 /212

孤独是我们最好的朋友 /215

洒脱生活，是一种乐活能量 /218

日月星辉，自有天地 /222

第七章　只言片语

只言片语 /229

后记　　　　　/252

/ 第一章 /

四季羽翼

盼望有时，春情不尽

冬天像失了眠的老人，慢慢睡去，刚入梦乡，春就睁开了眼睛，半醒半睡的蒙眬，慢慢悠悠地走出，满是闲暇懒散却又有着无限的生机和活力。

春天往往在不知不觉当中到来，带给你的惊喜胜过你对她的盼望。当你发现柔黄干枯的草丛中又生出一抹抹绿色，当皲裂的枝干又生出点点嫩绿的时候，她已经在你的不经意间注视了你许久，当你缓过神来，发现入春已久，便停下脚步，满怀兴致地欣赏春天的一切。

人们对于春天这个季节，自然是非常向往的，喜欢她的轻柔，爱恋她赋予的诗意和青春。除此之外，人们对于春天的喜爱，莫过于生命的气息。任何曾经漂泊的种子，在他乡的归宿里，慢慢地萌生新的希望，不断向上，冲破黑暗牢笼的束缚，迎接崭新的阳光。蜜蜂鸣虫，在寂静之后苏醒，开始了新的征程。此时，在春的陪伴下，踏青、爬山、放风筝……都是再好不过的事情，我们在自然里行走，

方寸之间尽显春天的乐趣。

阔别冬日的闲适,迎来的是春天的劳作,农忙时节,准备好各种各样的种子,播撒希望,守望美好。如今,在田垄地头看不见耕牛,原本出力的耕牛也不再犁地,倒让它无忧无虑地嚼食着青草,在蓝天白云下蜷缩着睡意。

种子萌生力量,细雨洒在脸边,红花误入深窗,燕子在梁间呢喃。春天,孕育生命,也蕴含诗意。

在家乡,春天也是多风的季节。都说春风宜人,春天的风自是比夏风轻,比秋风柔,比冬风小,柔和得像一双手,轻抚着自然万物。在初春时节,还是乍暖还寒时候,虽未有冬风那般寒气逼人,但还是让人感到凛冽,或许这也是让人未能及时察觉春天到来的阻碍。待到春深,倒春寒已过,那时的风像月光一样柔和温暖,直入人的内心深处。

一树梨花春带雨,半边海棠照旧人。春天的一切生机少不了雨露的滋润,春天的雨是带有新鲜的泥土气味,认真地梳洗世间美好,既潇洒又灵巧。春天的雨是蒙蒙绵绵的,轻缓不激烈,微微湿润地面,每当这个时候,都会有人在雨中漫步,没有一把油纸伞,却有不尽的彳亍,欣赏这晶莹剔透的珠点。

春天的故事,像一幅如痴如醉画作,不浮华不单调,颜色协调。倘若你在水边,水里的倒影又给人一种玲珑剔透的感觉。水中的景，云里的梦，春天的画作，怡人养性，满是生机活力。

越是喜欢的景物，越怪时间匆匆，春天给人的感觉真挚又执着，是人内心的依偎和满眼的柔情，一个扇面一幅画作，在春天收集的色彩，收拾的心情，一瞬停留，却是永恒存在。

春天为夏天做了铺垫，为冬天埋下伏笔，秋天从容地承上启下，四时之景，各有千秋，各有情怀，但唯春天最让人怀恋和盼望，另有惊喜和趣味。

静待花开,清香自来

我对花的痴爱,想必是承袭自母亲,但并没有母亲待花的那般自然和清雅。不管是在怎样的一种环境里,都能够生长出一株超凡脱俗的花来。这种等待,是一种幸运,也是一种缘分,对花是,对人也是。

四季衣裳,四时情怀,花是四季衣裳,含着人的情怀,装扮着四季,也孕育着情怀。在父母的院子里,一年四季都少不了"情怀",不论寒暑,都有花香扑鼻。

父母的院子虽说不大,但却养着各式各样的花:海棠、牡丹、绣球、杜鹃、桂花、月季、菊花……或草本或木本,或落叶或长青,不管大小,都有独具一格的韵味。不管花开时间的早晚、花期的长短还是花朵大小,母亲对这些花是毫无偏见的。或许正是因为不同才绚丽多彩,倘若杜鹃开出了牡丹的花色,人们在惊讶之余也会倍感虚情,自然的美丽靠的不是基因的转换和外物的融接,不强求,不执念,是花就有一份自然气。

每个季节有每个季节的鲜花,每种花都有自己的姿态和清香,绚丽多彩而又沁人心脾,每一朵花里都有一份情感,埋藏在深处,你不知明年那根枝条上开的花是否还是今年的那一朵,你看不出纹理,却可以慢慢明白她的情感,自然而然地品味生活和人生。

　　母亲的花园是从来不设篱笆的,便于她随时摆弄花,欣赏花,亲近自然,享受花带给自己的那一种欣喜和满足。虽说少不了小孩子来折花,母亲也从来不厌烦,对想要折花插花的朋友,母亲也是非常乐意的,我对母亲说:"好好的花剪掉可惜了。"母亲回答说:"种花也好,插花也罢,其实都是对花的一种喜爱,对自我情感的真实寄托,你养的花能开花,他插的花有意境,是缘分不可强求,是心境不必苛责,何况'赠人玫瑰,手有余香',也未尝不是一件幸事。"

　　为了花开的那一刻,为了花香满园,除了时间还要用心养护,追肥、换土、修剪、杀虫,等等,每个地方都要照顾到。至于养花的专用肥料,像钾肥、氮肥云云,父母不懂得,更不会去用,只用一些家畜家禽肥料,有时候用一些药渣或者树下的腐叶,来自自然的东西回馈于自然,也是一种深情,回报你的也是一种深情。

　　对于修剪花枝,父亲和母亲是截然不同的,父亲一般

都是大刀阔斧地修剪，注重盆景和姿态，除了因为扦插或是折花插瓶，抑或是为了移栽成活之外，对于花枝，母亲则是一点也不舍得修剪，任其自由成长，没有特殊形态却也千差万别。每当父亲修剪完，母亲总会心疼，埋怨父亲修剪得太过厉害，最后父母达成一项协议：除了蜡梅和海棠之外的花草，父亲都不能去修剪。只能听母亲的"吩咐"。其实，我觉得这剪与不剪，弃与不弃，本就各有利弊，当然也说不上谁好谁坏，只是向往和追求的东西不同罢了，但其中相同的却是对生活的那一份热爱和执着。

韶华易逝，红颜易老，褪得去繁华，落不尽残阳，不可强求，也不必心伤。花开花落本就是一段故事，是缘分，更是约定，三千繁花都有一场令人沉醉的绽放，万般热爱皆有一颗晶莹剔透之心。此花开后彼花开，今花落尽还复开，是期许更是淡然。莫惆怅，勿自殇，静待花开，清香自来。

小倚闲窗，自不知秋冬过半，只听得润酥细雨，静默花开。如心情，似心意，恰少年风华，得花开花落两不厌。它生机盎然，你平心静气，如此生活，别有味道。

夏至将至

还没书写完春天的故事，还未收藏完春天的惊喜，夏天就像个小孩子，耐不住性子，又开始释放自己的热情，想与这世界和人相拥。夏至未至，阳光不老，夏至将至，携风而行。

脱掉一层层厚重的衣服，身体突然变得轻盈起来。城市的夏天总是来得迅速而猛烈，给人一种猝不及防的感觉。还未到炎夏，室外的气温就让人感受到夏天的热烈。道路两旁的梧桐树的嫩叶迎着阳光向四周生长，仿佛盼望着时间和太阳给自己着一身新衣。柳絮漫天飞舞，这优美的形态加上风的舞姿，让人陶醉。虽说阳光有些灼热，但路上行人还是很多，如果到了炎夏，想必生活在城市的人和空调就分不开了。时间的脚步催促着我们不断走向夏天，白昼时间慢慢地变长，意味着在白天我们有更多时间去支配，做自己喜欢的事情，所以说夏天也是一个自由的季节。夏天的城市，就是这样，忧虑烦躁中带着向上的力量。

当我回到故乡,看见起伏连绵的山丘、清澈的山泉……熟悉的地方总是令人深深思念。故乡与城市的夏天有些不同,但是,我更喜欢这些不同的地方。

故乡的夏天,来得缓慢,待得长久。夏季故乡的清晨,带着一丝清爽,若有若无的轻风划过,温柔而又不失仪态。几声不知名的鸟叫,使故乡更加幽静,让人心里的世界重新找到归属。路旁边的槐树开花了,带着清晨的露珠,每一朵,每一串都洁白无瑕,晶莹剔透。三两个人,用铁条钢筋制作成钩子,绑在竹竿上。他们先在槐树下面铺上一层布袋,然后举着竹竿,用钩子勾住槐花的梢部,轻轻一扭,槐花就一整串落到布袋上。之后,他们就会将槐花撸下,让花和梢分离,稍做清洗,就可以制成不同的带有农村风味的初夏美食。

看到这里,突然想起姥姥家门口那棵老槐树,他在我脑中的影像被着重地描绘出来,我决定去看看这位老朋友。

姥姥家门口的槐树的花是不能用来做美食的,人们通常把这种槐树叫作笨槐。他永远都穿着那身黝黑的粗布衣服,长着不用"盘"就很圆润的叶子。小时候,我们经常用他的叶子去做藏槐叶的游戏:在规定的一片区域,将槐叶藏在墙缝门板中,让不藏叶子的人去寻找,每当找到一片叶子,都会有无比的乐趣。再过一些日子,笨槐就会迎来花开的时间，笨槐的花像桂花，花骨朵和小米一样小，虽然没有桂花香，但是也拥有独特的清香。在古代，一大部分笨槐花是用来染布的，虽然现在不需要植物色素染布了，但它也是一味不可或缺的中草药。在笨槐的花有一点白的时候，姥姥会让我用钩子或是镰刀将整串的槐花取下，姥姥则会把这些槐花放在簸箕中晒干，等着卖给收笨槐花的商贩。夏至将至，不久之后，我又要钩取槐花了吧！

每年夏天，为了偷懒，我都会对姥姥说，咱今年不钩槐花了吧，让它完整地开一次。"不折花，槐花就会吸引很多害虫，会让树生虫生病，让槐树放下一些美丽，也会得到一些美好。"姥姥摸着槐树粗糙的外衣慈祥地说。但姥姥绝不会让我把花全部钩下，通常会留下三分之一的槐花在树上，姥姥说这叫压树。在我的理解范围里，我认为压树就是让花和叶拥有完整的邂逅。还有一个留下些槐花的原因是，这种槐树会结一种叫槐树豆的果子，也是农家清凉解暑的必备茶叶之一。想到这里，莫名的有些口渴，于是推开姥姥家那木制的门，走进姥姥家的茅草房子，喝一碗用槐树豆浸泡的清茶，很是清凉，在这初夏让人感到身心愉悦。中午时分，如果我感到有些困意，也可以躺在竹篾编制的草席上，枕着姥姥用野菊花填充的枕头，会让人迅速进入梦乡，可能还会做一个美梦，想想就让人感到

欣喜和惬意，这也是我在城市的夏天经历不到，感受不了的事情。

小憩之后，我洗了洗脸，准备回家。姥姥家的狗还在伸着舌头，摇着尾巴，阳光倾洒过树叶，地面上留下斑驳的影子，微风拂过，像是手艺人把玩着皮影戏。我走出大树馈赠的"影楼"，阳光洒在脸庞，像是初恋，让人不由自主地脸红。阳光像家家户户里杏树、桃树的花那样热烈，而今，那落下的繁花已快化作春泥，泥土之中还留有三分花香的气息。我嗅着这股气息，看着天上的云卷云舒，迈着轻快的步伐，走回家中。

父亲又开始鼓捣农具，准备去田垄地头看看。我决定和父亲一起去田垄地头，找寻乡野田间里的乐趣。田里的小麦已经抽穗，一个个麦穗里饱含着丰收的希望和农民们洒下的汗水。乡野田间，各处都有成片的野花，开得多姿多彩。最多的就是蒲公英了，开着微黄的花，不时地接待过往的蝴蝶。父亲拿着锄头不断地重复弯腰起身的动作，锄去田间田埂上的野草。每当休息的时候，父亲往往会卷上一根黄烟，一只手扶着锄头，一只手夹着烟，目光洒向这片田地。我从父亲的目光中，仿佛看到了，农民对大地的款款深情。

再次回到家，已是黄昏，整个村庄又开始出现缕缕炊烟。吃过晚饭后,我走在大街上散步,一些老人聚于街头,坐在小马扎上,听着收音机里别有韵味的柳琴戏,喝着具有农村情思的大碗茶,说说笑笑,和谐而又充实。其实,美好的生活就是这么简单。

  我望着天,思索着夏天的故事。在这初夏时分,在故乡初夏的怀抱里,美好的东西不由得让人放下一些事情,让人身心得到释怀。夏至未至,回忆着故乡夏天的点滴,夏至将至,继续描绘故乡美丽的故事。星星还是那么亮,月儿还是那么弯,故乡还是这样的幽静,我就这样沉醉在故乡的初夏中……

明湖夏时

"一个老城,有山有水,全在天底下晒着阳光,暖和安适地睡着,只等春风来把它们唤醒,这是不是个理想的……"这是老舍眼中济南的冬天,在山水之间体味济南这座城的诗情画意,拥抱着季节的安稳。初中学习老舍写的这篇《济南的冬天》,细细品味,字里行间让人沉醉其中。或许是那时,让我对于济南有着一种强烈的向往。

第一次到济南,不是冬天,更不是夏天,而是带着些许清爽的初秋时节,不干不燥,倒也舒适。迎接我的第一站便是大明湖,不知名的古树遮天蔽日,留下星星点点的空隙,阳光倒也会赶巧,穿过枝叶间的空隙慢慢着陆,抑或潜入湖水之中,不带一丝迟疑。湖水中的荷花没有一点踪迹,不知道是开得太过匆忙,还是被鱼儿贪食,只有水清一色的荷叶,未见荷花的旧时模样,清风拂过碧波,没有一丝凉意,只是瞧见远处的视野中仅存的几支莲蓬还在瑟瑟发抖。

第一章 四季羽翼

到底我还是想再看看，再看看那片荷花原有的模样，在另一个夏季，再次来到济南的大明湖。脚踏着规整而又厚重的石板，竟让人感到一种古朴和素雅，由下而上，不假思索。高大的牌坊，悠长的廊亭，宁静悠远，浸透着时间的骨血。

夏季的阳光是格外的灼热，就像来去匆匆的车流人海，满眼匆忙，让人喘不过气来。但山湖河海边的夏日，没有太多的热浪，还有一丝清凉，想必这也是在炎热的夏季，大明湖风景区还有很多游客的原因。

那片荷花，没有误了时辰，如期而至，不问归时。盛开的荷花，粉红花瓣带着玉白的底色，细腻柔和，晨风拂过，伴着淡淡的荷香，不带一丝旧尘。粉嫩的骨朵儿略显端庄大气，浸染含蓄和优雅，任凭荷间的蜻蜓怎样嬉闹，她也不露声色，暗自酝酿着盛夏时的美好。从嫩绿的荷芽荷叶，到出水探望季节的花骨朵儿，荷花在不问东西，不知时辰的日子里，慢慢等待着，等待着一个花客的到来，期待冥冥之中的不期而遇，绽放自己的思念。

看见过那荷，秋时的冷寂和单调，越过花季，走过花期，在飘落之后，漫无目的漂流在大明湖之中，被飞鸟与鱼鸭共食，或辗转成泥，漫过心头的忧思。或许是看过她离别枝条时的景色，再看夏日繁花盛开，别有一番滋味，但并

不是忧伤烦闷，因为我相信今年夏季的荷花比往日更为繁盛，也多一分坚韧。

当夏季邂逅雨露，洗涤灼热的苦楚后，带给人的是一场滋润身心的感觉。雨后的大明湖朦朦胧胧，恍若仙境，湖中小岛像是仙山，若有若无，近看荷花，也是如诗如画。此刻是否有人，正饮荷花细茶，微醺心意，写诗留情？虽说最后一个情不自禁，一个无可奈何，又像极了荷花盛开落尽，人和荷花之间的彼此期待和怀恋。

明湖夏时，又恰逢雨后，斯人已去，留下的却是不尽的情意。不管是夏季的荷花，还是古时夏雨荷，抑或是赏荷之人，尽有同样的痴情思念，在慢慢路过不期而遇，守候如期而至，等待着久别重逢。

济南的夏天，没有不同的姿色，但唯明湖河畔最具情怀，也最让人深思和怀念。

我与秋天有个约

走走停停，兜兜转转，终于，天凉了；终于，秋来了。

湛蓝的天空，清爽的空气，微凉的记忆，还是那些熟悉的模样。当你悄然降临，在四季轮回中我便又与你相遇，冥冥之中，我和秋天有个约。

那一片晕黄的树叶是你的信使，表达对人间的深情问候，飘落在地，质朴无华的颜色，细细的纹理，是时间的雕刻，装饰了整个秋天。白云悠悠，闲适安然，不知哪里来，又往哪里去。徜徉在大自然的秋天之中，淡然而又舒雅，静谧而又和谐，是一种享受，更是一种生活，诗和远方充盈心胸。

秋风拂过，微凉。捎带来了远方的气息，我轻嗅着，寻觅着，也在奢望着，奢望这是来自故乡的气息，我慢慢地呼吸，生怕错过这样一次和故乡拥抱的机会。走在林荫小道上，感受着与夏天截然相反的秋韵，让人忍不住接受阳光的普照。可能是还没到深秋，看着路旁的草木，还没有枯枝和过多的落叶，反而是小草更加浓绿了，树木更威武高大了。秋天给予了它们浓墨重彩、沁人心脾的颜色，比夏天的绿色更具一番风骨。可能是我以前忽视了这一抹独具一格的颜色，竟让我对它有了莫名的好感。

我继续向前踱步，无意中发现三三两两正在微笑的白菊，甚是欢喜。那大大小小的花骨朵儿，凑得紧密，可能是秋风有些凉意，它们也要互相取暖。或许，秋风是为了让它们更加团结而让它们抱成一团吧。一排排、一行行叶片细碎全黄的槐树排列在阳光下，让人深思，惹人心醉。虽不是春天养眼的嫩黄，但是却有着秋天独特的金黄，像是一棵棵黄金树，在迎接这个迷人的季节，赞扬这个充满丰收喜悦的季节。

不知不觉来到湖边，湖中的水泛着微波，在阳光覆照下波光潋滟，让人感觉湖水竟是一幅流动的画卷，有着生命的气息。秋风将一片树叶吹入湖中，风吹着，水推着，它荡漾着。在这一览无余的湖中，树叶成了碧波万顷中的一叶小舟，我注视着它，盼望着它寻到停靠的港湾。静静地看着，不时有鱼跳出水面，难道它们也和我一样，在注视着这叶小舟？或许是在这水下世界待腻了，跃出水面寻找新鲜感？许久，小船终于到了属于它停泊的岸，我顺着向上看，一片芦苇映入我的眼帘，随风摇动。像是能歌善舞的姑娘，婀娜多姿，雪白的芦苇花更像是翻飞的柳絮，像沉甸甸的稻谷，漫天飞舞，压弯了枝干，躬身在水面上，窥探着水下的世界。

我漫步在近岸的木桥，不自觉放轻了脚步。虽然小桥有些简陋，但却有着一种厚重的历史感，仿佛踏上了历史时空的某个秋天。不知在那个未知历史的秋天里，我是否也和秋天有个约。秋风吹尽了桥上的尘土，散发出淡淡木香，那圈圈年轮更加清晰了，仿佛是在告诉我，我和秋天一直有个约，不是三年五年，而是有生之年。

我相信黄叶、白菊、寒水、秋风……都是秋的化身，跨越岁月尘埃，来与我赴约。每一处风景，都是一次美好的邂逅，每一次邂逅，都将是瞬间的永恒。用笔书写和秋天美好的遇见，记录我和秋天有个约，期盼着我和秋天的下一个约……

鱼儿依然忘我地跳着，芦苇继续拍打着水面，又一片秋叶落在水面，漂浮停靠。我走过吱呀作响的木桥，走在路上，走进与秋相约的盛典。

　　　　一片落叶，
　　　　秋近了；
　　　　一地落叶，
　　　　秋浓了。

时光流转,
四季交替;
我依然记得,
我与秋天有个约。

冬 心

　　冬风给树木修剪了头发，散落一地的树叶变得精疲力竭，慢慢地喘息着。未黄的草丛中，几只家雀啄食着草籽，不时地四处张望，仿佛寻找冬天中最独特的东西。

　　虽说只是初冬，风中也散发着丝丝寒意。走在冷风中，风虽然没有咖啡能让人暖身子，但这风比咖啡让人提神，让人不禁地打了个寒战，就连老天仿佛也变得冷峻起来，不露一丝太阳的光。冬天的太阳是最温柔的，不眩晕，不炽热，似梦境一般，给人以遐想。记得我的好友对自己的未来生活有过这样的愿望：坐在高楼里码字，晒着太阳吃橘子，和喜欢的人一辈子。冬天给了夏天截然相反的寒冷，却也拥有着独具一格的阳光。也许，冬天的太阳，给人更多的是暖心。

　　冬天的清晨，你会看见竹叶上透明的露珠，点点滴滴，清澈洁净。滴滴露珠，在太阳的照射下，散发着独特的光芒，映射着整个世界。这翠竹，似乎一年四季未曾变过模

样,还是那样青翠,挺拔。不畏严寒,挺拔地向上生长着,不留一丝气力。露珠、露竹,是冬天留下的小心情,是我们心中的小风景。

冬天并不是单调的音符,而是斑斓的画卷。冬天不仅有着冬天独特的雪花,还有菊花、梅花。当我看见仍在绽放的野花时,心里多了几分震撼,真的是霜寒露重,繁花不落。那河边的垂柳,像是追赶潮流,不断染发。从春天的嫩黄到夏天的碧绿,再到秋天的金黄,而现在,它只剩下枝条,却更具风骨。在风的鼓励下狂舞着,在四季轮回中摇曳着。

当冬天给大地穿上白色的婚纱,土地仿佛瞬间得到净化,全然一片洁白,不只是风景,心也变得明静。置身其中,你在感到寒冷的同时,心也变静了。这冬带给你平心静气,冷静思索。你变得更加谨慎、仔细,此时此刻,心也是洁净的,像雪一般,像冬一样。雪是冬的心灵,也应当是我们的内心,是冬心,亦是人心。

冬天的雪夜,是不黑的夜。月亮的光芒和雪地的色彩,恰到好处,使这天地间浑然一体,上下全白。雪地之上,方寸之间,各具特色的影子清晰地印在雪地之上,像是一幅精致的水墨画,描绘世间万物。冬描绘的景观,澄澈人心,净化灵魂。在物与我之间,找寻心的方向,使自己的内心求之不愧,求之不悔。

冬天是孩子们的童话世界,他们在银装素裹的冰雪世界里和雪做朋友。在雪地里漫无目的地踏出一条条小路,不断地摸索着前方和未来。当他们与冰雪亲密接触,体温将洁白的雪融化成纯净的水,想必也会对这大千世界有着纯洁的认知吧。

冬天是独特的,不只是萧条凄凉的,也拥有暖心的阳光,静心的寒风,开心的冰雪……凝聚成冬心,弥散在各处。冬心是捉摸不到的,却是确实存在着的。它是一个象征物,精神上的实体。它会幻化,会重塑,启迪着你,改变着你。让人在无知中不迷失,在得失间能坚守。愿人心如冬心,坚守而不迷茫,冷静又纯洁。

雪作飞花,我做客

带着一点犹豫,一点思索。漫天飞舞的雪花,想与那天空缠绵。它划过天空,没留下一处痕迹,落入大地的怀抱,带着一点祥和,安静地躺着。站在雪地里,我不言不语,只做一个看客,观望着它们精彩的表演。

——题记

入冬之后,舍友便不时地唠叨着,这里什么时候能下一场雪,在温暖的日子里期待雪的到来。不断地看见朋友圈里的照片,雪的一切一切,都那样让人耳目一新。雪在泰安、济南、临沂等地相继亮相,而在这里,雪却迟迟不来,这就让我们等得更迫切了。老天像是没睡醒,让这里的雪来得晚了些。有时,看见学校池塘里结的冰,都觉得很亲近,像是有雪的影子。

美好的事物总是来得悄无声息。那天早上,我像往常一样被闹钟"负责任"地叫起来,揉着那双不想睁开的眼,看着时间,迅速穿好衣服。简单地洗漱后,叫了叫舍友,一遍又一遍，他们像是一块磁石，与铁架床紧紧地拥抱着。一句话不说，一动也不动。我走出宿舍门，看见其他人也都没起床，我有些惊讶。带着这样一种迷惑，又打开手机，看到群里"因天气原因，暂停跑操"消息后的我迅速折回阳台，满怀期待地向楼下看着。嘴角微微一动，内心喜悦万分。是，那是雪，白皑皑的一片，洁白无瑕，带着冬天的味道。

当我走下去，看见银装素裹的街道，心里想：冬天算是开始了，这才是冬天的模样。我望着天，手掌接着雪，它们那么爱捉迷藏，一瞬间便消失了。我俯下身子，随手捻住一些雪，放在手掌上，端详着。没一会儿，它们化成了水，顺便带走我掌心的温度。我不知道，手掌里的水是否是它们流的泪。这雪，白得透彻，白得醉人。阳光洒在雪地上，把天映得更白。

雪花还在飘落着，地上的雪变得更厚，路上的行人变得更多，走着生硬而又坚定的步子。我走在他们走实了的雪上，脚下发出簌簌的声音，像是它的旋律。雪停了，阳光融化着雪，风又将它吹成冰。而滑倒的人让我想起了小时候打雪仗的场景，一直奔跑着，嬉闹着。我们与雪相互拥抱，像是久别重逢但不曾忘记的老友。雪，用它洁白的身躯清洗着污浊，带来洁白，留下洁白。但愿纯白的雪能

刻画纯白的心，予你，也予我。

划过天空的雪花，飘落在地的雪花，在这世间都有着停顿，反复又反复。它是个稀客，只在冬季看望我们，我只做个游客，在这里欣赏着它的姿色，依旧纯白。

雪融化得差不多了，它们可能也想多待些日子，但它们有它们的行程，我们有我们的风景。又路过池塘时，发现冰上的雪，几乎没有改变模样。还是那么白，还是那么多。或许，这冰和雪才是这个季节的主角，它们彼此取温，彼此依存。因为懂得什么是必需，什么是不需，这是他们不平凡的方式。当雪花再次飘落，我愿做个过客，慢慢地走着，看着，想象着。

/ 第二章 /

懂 得

第二章 懂 得

懂我和我懂，都是最好的故事

对于我们来讲，懂我和我懂，是一种奢求，也是一种心境。每个人都想要所谓的"朋友满天下"，为此，不知疲倦地广交朋友。这不是一件坏事，但可能是一件意义不大的事情。广交友不如交好友，朋友在精不在多，再多的酒肉朋友也抵不过一个知心同伴。很多我们所谓的"朋友"其实并不是真正意义上的朋友。而"多一个朋友多一条路"在一定程度上也算是"相互利用"，谁都不能说以后不需要谁的帮助，但确实没有必要为此伪装自己，大费周折。多交一个朋友真的会多一条路，同时会拓宽自己的交际网，但你以后选择他们的路通向何方也是一个未知，正道也好，歪路也罢，是畅通无阻，是寸步难行，还是施工重修，看的是自己选择什么样的人做朋友，这个朋友对于自己来讲，是不是真正地懂你。

曾经看过一档综艺节目，在谈及朋友时，有这样一句话：真正的朋友，不是客客气气、相敬如宾，而是口无遮

拦而不伤感情。当然我认为真正的朋友是各取这两者各半，真正的朋友知道和你在哪种场合说什么话，客气是相对的，口无遮拦也不是从一而终的，这才是真的懂你。

原来的一位女同学，有一次受委屈后忍不住哭泣，嘈杂的教室里，她那没有规律的抽泣声，显得微乎其微。她的好朋友一直在身旁安慰，她忽然抬头对朋友讲："我哭你要安慰我，你越安慰我，我越哭，我越哭你就要越安慰我。"她的朋友一把将她搂到怀里，说着和其他人不同格调的话，在你傲娇时，会承受着你的乖张，度过朋友在最需要帮助的时候，我会紧紧抱住你。

有些人，你不用和他有过多语言的交流，一个眼神一个表情都可以看出你的心情如何，知道你需要什么，这不是颐指气使，而是朋友之间该有的默契。人与人之间沟通的方式很多，真正能够用心去感受的人，才是把你放在心上的人，才是真正懂你的人。

我很喜欢交朋友，但事实证明很多朋友都成了"隐士"。"海内存知己，天涯若比邻"只是一种希望，一些期许。很多时候，我们都是"你我于茫茫人海中相遇，又将你归还于人山人海之中。"可怕的是时间有很多节点，我们却只有一个交点，不了解，想去熟悉，看懂时却释怀不了，终究，有些人走着走着就散了。当然，我也交了很多好朋友，

第二章 懂 得

知根知底更无话不说，真正的懂你，我也真正地懂他们。

有两个特别好的双胞胎朋友，性格不大一样，但却有着双胞胎特有的感应和默契，她们微笑对待每一个人。她俩和我一样都非常喜欢看书，我们似乎总有说不完的话题，每每在我写作毫无头绪的时候，她们随口说的几句话可能就打开我的思绪，我的一些文章，她们有时也会帮我去审核修改，让文章平添很多姿色，虽说现在不在同一座城市，却丝毫不会感到我们感情的疏远。从来不会问我，为什么最近没和她聊天这类问题，她们会适时地来找我聊天，不会让遗忘成为真正的遗憾，真正懂你不只在一朝一夕，更体现在一点一滴时间里。

遇见子辰，也是我的幸运。他总是嘴上说着"不可以"，实际做着不可能的事，这就是他的个性。像狍子一样，单纯得有点傻，当你需要什么东西时，只要他有，只有你开口，他不会问你什么原因，他都会不假思索地给你，不问归期，不问去处。这是一种信任，也是心和心的交流。当你备受煎熬，遭遇挫折的时候，他会耐下心来和你一起去面对所有的不堪和难以启齿的磨难。当他遇到一些无法忍受的事情时，他也会找我诉说，直至他把痛楚坦露出来，放松心情。你只需要用心倾听，仔细地阅读，剩下的交给时间，慢慢地沉淀。

真正的朋友不是各取所需,而是简单陪伴,一起行走。真正的朋友之间不存在利用和利益,虽说高山流水知音难求,但这种相遇、相知弥足珍贵。我庆幸我有这样交心的朋友,庆幸成为别人的知音。

你的身旁,肯定有些懂你的人,更有一些你懂的人。把心放平,把脚步放慢,在你我平凡的日子里,携手相伴,走过四季。一个"懂"字,清清楚楚明明白白,看透一切是非,包含各自心事。一句懂我,便是永远,一句我懂,亦是知己。懂我和我懂,都是最好的故事,都将会有最好的结局。

第二章 懂得

我是一棵树

　　我是一棵树。
　　雨一样的潇洒自如，
　　风一般的自由成长。
　　被世间落满扑簌簌的尘埃。
　　不躲藏，没逃避，我依然在。

　　我有一颗树心。我的这颗心，空洞且悲鸣，在岁月的沧桑和时间的磨炼中不断坚强，茁壮成长。曾经有个孩子，依偎在我的身旁，悄悄对我说："你很快乐，安然度过漫漫人生，大可不必计较，用自己的执念去较量自己。"在这些平凡的日子里，我忘记了哪天是开始，哪天是结束，没有一丝伤心，也没有一点欣喜。不知何处是家乡，谁又是故人，似乎我原本就根植在此，或许我本不属于这里。我只是知道，风来了又走，雨走了又来，而我只是怔怔地看着，怔怔地看着，看着天变，云变，人也变。

我有很多枝叶。在很长的一段时间里是没有知觉的,城市太大了,人又太过匆匆,嘈杂的声响不曾消弭,晕热的反光玻璃刺眼迷人。双眼模糊不清,耳边喧嚣不停,我不愿去听,不愿去看,甚至在风雨来临的时候也不愿意动一动。在雪中,多想告诉自己并不寒冷,可是我啊,做不到,也忍不住。我将相忘于人生的荒漠,让这些贫困的枝叶,在事过境迁之后,随我一起化为灰烬,了却心酸和回忆。

我有很多亲人,他们仅仅存在我的记忆里,回忆是包着糖衣的药丸,一旦有所停留便是无懈可击的苦涩难耐,我一次次忘记,又一遍遍想起:曾经,我从一颗种子萌生,自由成长,依偎在父母身旁。不知从何时起,我看到自己的父母被连根拔起,再被一寸寸地切断。一次次隆隆巨响之后的平静,是血流成河的空旷。我抱着伤痕累累的身体蜷缩再蜷缩,折断的枝,掉出泪来,空了的心,漫出血来,泪眼蒙眬又血肉模糊。

我有一盘老根,在这个偌大的城市里,我自知风雨难挡,便努力地扎根,终于我变得粗壮,枝叶繁茂,老根也纵横交错,窥探地下。不知何时又会传来隆隆嘈杂,再让我感受到人潮拥挤的悸动。仿佛我已经习惯了等待,单纯的我以为等待久了会有个交代,直到等待不再为了等待,我仍然抱着残缺的日月不肯老去,为了一个交代,守候着那片苦海，不曾离去，也未有交代。

  我已然老去了。在不知岁月的日子里，沧桑开始雕琢我的一切，当我僵硬的膝盖，陷入深深的灌木林里，我不知脚下有什么，远方是何处。我知道，我老了，甚至忘记了时间的长短，或许我也该像一粒尘埃一样，接受时间的更迭和命运的轮回。只是我不知，我的安排竟然没有成为历史，只由我慢慢老去，我不知为何，是否是人们已然忘却了我，还在这废弃的壕沟里，我不知我的命运是幸运还是不幸，在我即将向下生长的时候，我终究参悟了我的一切，幸也不幸。

    时光荏苒，岁月匆忙，
    梦里、乡里已无旧人。
    我有些许烈酒和故事，
    饱受沧桑和梦魇。
    我只是一棵树。

隐形城墙

读过钱锺书的《围城》，也看过古朴厚重的城墙，当你慢慢走过，会感受到一些隐形的城墙，在生活中悠然伫立着，更是有"里面的人想出来，外面的人想进去"这种状况。

城墙内外，有人想进去，有人想出来，倘若真正满足这个要求，达成一种互换以后，在经过岁月洗礼，也会再次出现这种情况，想要到城墙的另一边。坚定的人得到满足，不满的人又想重新来过，回归原处，那些不满意的人，心中的城墙恐怕是更高大、厚重了。在很多时候，很多地方，或者在很多情况下，隐形的城墙是可以显现出它的身躯的，对人来讲，那是一种区别，也是一种向往。

隐形城墙在我们身边不难发现，在点滴的生活中都能够发现它的痕迹。每到了节假日或者休息日，它的足迹就可以寻找到了，你会发现很多城里的人会选择去农村游山玩水，逛逛农家乐，欣赏一下农村自然风光，而一些农村的人会选择去城市里购物消费，去趟游乐园，感受城市的美好，在自己的心里形成一种新追求。于是，农村的人努力赚钱，想要在城市里安家落户，城市里的人赚够了钱，身心疲惫，选择在乡下买一处农居，种花种菜，自给自足，享受那种安然劳作的时光。

等着城市和农村的人都满足了自己的追求，各自去了心心念念的地方，生活居住，有人便在那里扎根生长了。而一时兴起的一些人，随着时间的推移，一些问题逐渐暴露出来，种种城乡的差距不断地打击着自己的内心，陷入极度沉思，迫切寻找归途，原路返回。

但我并不真正讨厌这城墙，这种差异之间的城墙还是需要存在的，我们毕竟要的不是全部相同的地方，相同之处可以更好地达成共识，但也会丧失一些能力和知识，这也许就是农村和城市各自存在的意义。曾经多次遇见过这种现象：有些城市的孩子分不清麦苗和韭菜，有些孩子叫不出农村的日常生活用具，不知道小米原本是什么模样……曾经有一次上地理课，地理老师问我们地瓜怎样种植，竟有人回答将地瓜完整地埋上，这也是当时很多人的答案，但却并不正确。我想这便是乡村的意义，城墙一边的风景，闲暇时光，父母领着孩子去田里、农居走走看看，也能够收获不少，反之亦然。

还有一些人,想必是和我一样,站在那隐形的城墙之上,站在城市和农村的分界线上,一脚落在城市,一脚留在乡村。从农村而来,向往城市,而又无时无刻不在思念农村,想必在我的心里也有一座城墙。在乡愁中,在向往中,有所追求,也有所想念。自己来来回回地走过城门口,把两地都当成自己的家,我想这也是一种富足,更是来自内心的满足。

年龄也有座隐形的城墙,小时候迫切希望长大,长大后又渴望回到童年,长大的人想变小,年龄小的人想变大,但这城墙不像是城市和乡村之间的追求,因为这并不可逆,城门也不会打开。婚姻、学校、四季……那隐形的城墙都存在着,抽象而又真实。有些时候,有些选择是需要慎重考虑的,我们必须看清楚,一旦越过那城墙,那城门是否还能重新开放,不能走过之后再追悔莫及。

隐形的城墙,无形的存在,既轻微又厚重,在每个人身上都能看见它的踪迹。你可以任性去做自己喜欢的事情,但不要冲动,毕竟冲动和任性是不对等的。或许,你会慢慢地发现,每一种隐形的东西往往带着些神秘,但这并不影响你去探索和选择,你完全可以在隐形的城墙之上,无拘无束地观看风景。

第二章 懂 得

读书，是一件美事

总有这样一种力量，深沉持久，给人以心灵洗礼和人生感悟。总能在阅读之中，体味人间百态，领悟到人生哲理。文字构成的文学，拥有这样一种持久的力量，给人带来不一样的感觉。

读书不仅仅是在读书中的内容，更是在慢慢地读自己，读书，是一件美事。

阅读和书法一样能让人静下心来，去仔细享受每一刻生活。阅读将自我和情感带入书中，可以感受到作者传达出的独特情感，故事里的主角清晰可见，仿佛他们在和我述说整个故事。我们在书的世界里去品味书中人物的思想感情，解读他们的人生，并且通过他们的故事，来对比自己，诠释自己的人生，这可能是读书的意义所在。

我个人是非常喜欢读书的，虽说没有读报纸的习惯，但总会抽出时间，去阅读书籍杂志。一旦被书中的内容吸引住，就会忘记时间，忘记自我，读书确实是一件美事。

对于读书的地方我没有什么奢求,书桌上、沙发上、床榻边,甚至是在厕所里,都可以成为读书的地方,唯一一个要求就是只要清静即可,对于我来说,这算得上是我选择读书环境的一个必要条件。

最喜欢在清晨或是下午,自己在桌子前读书,读久了,便会推开桌前的窗户,任由清风袭来,洗涤自己的心情。翻开一本书,就像是打开了时间的积淀,让人有着深沉的感触,有一番难以诉说的深意。

我想,我算得上是一个节俭的人,当然,你可以说我穷,这都无关紧要。我买东西和买书,完全是两个概念。在我买衣服的观念里,没有必要去穿着名牌,只要好看舒适即可,等过了一段时间之后,你不想再穿时还是会再买新衣服,那时你扔了,也不会心疼。买书就不一样了,我一定不会去买盗版,并且除了会员打折或者是搞活动降价,都是原价买入,甚至有时候同样一本书,我会选择定价较高的那一本,因为价高有价高的原因,简单来讲,可能因为书的纸张和装帧设计的不同,可能就会影响自己阅读的兴趣,书不像衣服,不存在穿久就扔了的这种现象,书是你随时随地随心可以拿来阅读的,我们的脑海存不住太多的内容,所以我们需要重读一本本书,补充快要遗失的书的内容。书籍,是最能够"重复利用"的东西,读书没有止境,不要让"节俭"成为阅读的门槛。

读书对于每个人来讲从来都不是一件奢侈的事情,而是最为廉价的"生意",怎样打理读书这个"生意",可以看出你的生活态度。

在文字的世界里畅游,得到的是一种身心的安适。用文字堆砌成辞藻,将词语串联成句,一个字迸发出无穷的力量,一句话,可以包含世间万物。我在写作,也在阅读。文学就是文字的不断重组,进而造就灿烂的文化世界,我们在阅读中行走,更是一种人生的旅途。我们在写作里创造文字天地,亦在阅读中欣赏文化世界,不仅句句都有深意,言语之中更有一种情怀,时时刻刻都在渲染着美好。

虽说现在电子书之类的载体非常方便,可能大多数人和我一样,还是习惯于阅读纸质的书籍。说"习惯于"阅读纸质书籍倒不如说"更乐意"阅读纸质书籍,在我看来,似乎纸质的书籍存在独有的魅力和特殊的韵味,让人久久不能忘怀。

阅读和书法一样,能让人静下心来,也需要人静下心来,去体味、享受每一刻生活。而我们不能避免在通过手机去阅读电子书的时候,时不时跳出来的消息提醒和清脆的消息提示音。事实证明,好奇心会让自己迫不及待地去点开消息,读书这件事就可能惨遭无处安放的命运。我在

阅读的时候,会放下手中的事情,思绪随着文字一起行走,体味其中的情感。相对于呆板的屏幕,纸张的柔软更能够给人一种心安,从而能够让人安心阅读,我想这大概是我对纸质书籍情有独钟的原因。

打开一本书,用手按压着书页阅读,纸张中有一种年轮的记忆,一种特别的质感,让人在阅读中更为舒适。而树木、草叶原有清新和跃然纸上的油墨味道相互交融,汇合成一种朴素的气息,叫作书香,使人如临清幽之境,备感亲切。

记得我的老师说过这样一段话:"书,不可不读;字,可写可不写。但无论读或写,都是对文字的一种敬畏。"读书,是我们在文字中行走的过程,更是在文字中解读自我的旅途,读书,是一件美事。

| 第二章　懂　得 |

闲敲棋子落灯花

山一程，水一程，行的是心境；你一步，我一步，走的是人生。

在我的个人认知当中，就有很多棋类，围棋、跳棋、五子棋，当然必不可少的就是中国象棋。或许我对一些传统的东西有着浓厚兴趣，所以对象棋有着与生俱来的好感，在空闲时间对弈，也似乎成了一种爱好。

人生，本就如这下棋，楚河汉界划分敌我双方，你有你的套路，我有我的招数，是在套路里过招，还是在招数里套路，在于你我，更在于瞬息万变的时局。不见鼓角争鸣，亦有乐趣可寻。不管是见招拆招，还是将计就计，都能在恍惚之间透露出彼此的闲情逸致。

小时候，经常会跟着家里长辈去看别人下棋。就那么一个棋盘，周围经常会被人围得水泄不通，对弈的双方多为老者，对战开始时，双方下棋的速度异常迅速，一开始的路数大都知己知彼，却让观者眼花缭乱。慢慢地，当局

势稳定时,他们审时度势,思考怎样去走,变得非常缓慢,每当这个时候,旁边总会有人时不时提示出招,跟他们说下一步应该怎么走,有时他们会接受建议,有时则不屑一顾,当然结局也不容预料。我自是很反感这类人,人家的棋子该怎么走,是生是死,皆由其本人决定,可以在别的时候互相讨论,谈棋技,在下棋之时给人家出谋划策实在是没有必要,看起来是好言相劝,实际上没有结果。

有一个老人家很喜欢和我聊天,见我非常喜欢下棋,在没有人陪他对弈的时候,如果我在就会拉上我下棋,而我也是初生牛犊不怕虎,自然是乐意对战。我们慢慢地下棋,只有手起棋落碰击棋盘的声音,响脆而又颤抖,每当我能够将老人家的"将"时,我也会学着他们下棋时,拉着长腔喊出一句"将啊",入乡随俗的感觉甚感满足,老人家听到,经常会笑着说:"还真像那么回事。"

老人家下棋很任性,从来不会听旁人的建议,每一步棋都"亲力亲为",自己思索。闲聊时,我问他在下棋的时候为什么不采纳他人的建议,他回答说:

"或许在平常,有什么事情我可能会听一下他人建议,但是对于下棋,我还是要自己把关,别人可以把自己的高招用在自己的棋局中,但万万不能在我的棋盘上横冲直撞。"

我又问:"在一些人看来,'当局者迷,旁观者清',

有些时候旁观者说的可能是正确的，能够达到出奇制胜的结局，您又怎么看呢？"

他说："这个问题不难回答，当你听了旁观者的建议并且最后赢了这一局棋，那么之后你可能在以后的棋局当中也听他人谋划，人是有惰性的，一旦有了'不劳而获'的心理，便开始了不辨是非的顺遂，一时胜算却也得不偿失；倘若听了他人的导致一步错，步步错，你可能会有一丝不甘和后悔，甚至将这种失败转嫁他人，自欺欺人，甚至反目成仇。"

观棋不语真君子，起手无回大丈夫。下棋这件事，正应如此。在这方寸之间，每一个棋子都可以以一当十，每失一个棋子都可能让你步履维艰；有时一招制胜，也有满盘皆输，怎么看，怎么走，取决于眼界，更取决于心境。

损兵折将大抵是让人最为头疼的一件事情，但你不能顾此失彼，得不偿失。失掉棋子，更要达到一种"物超所值"的结果，懂得舍弃，才有得到。

每个人都不能被自己的执念蒙蔽双眼，在棋盘之上方见真知，人生这场戏，有太多的输赢，并且都难以预料，尽心尽力去做就好，无碍乎他人言语，否则，虚荣心则会成为最大的梦魇。

进退无法诉说，输赢难以预料，辗转反侧是惦念，孑然一身是深情，青梅煮酒乐逍遥，闲敲棋子落灯花。

清茶一盏，品尽人生百态

不管在哪里，似乎每个人都离不开茶的熏陶，或许从发现茶的那一刻起，它就成为人们独特的味道，挥之不去并留有清香。

因为气候不一、土壤不同、爱好各异，每个地方有每个地方的名茶，因地制宜；每个人有每个人爱好的茶类，因人而异。每个人对茶有着不同的见解，更有自己最喜欢喝的茶，无关茶的价钱和产地，只求喝得舒心就罢了，禅茶一味，或许就是这种境界。

北方的冬天，单一的色调配着空闲的生活，在独具一格的雪色之外，是令人意想不到的寒冷，对于从小就生活在北方的我，自然是熟悉了这种寒冷。冬天，可以说是农村最空闲的时候，男人们往往会聚在一起，打打扑克聊聊天，桌子上自是少不了茶水。

第一次喝茶，还是在小时候，最为平常的一个北方的冬天夜晚。父亲带着我去大爷家，围着火炉唠家常，大娘将清甜的红薯片放在炉子上烤得喷香,带着秋天的思念,冬天的味道。聚了四五个人之后,搬上桌子开始打扑克。我第一次接受了沏茶倒水的任务,自是忙得不可开交,也玩得不亦乐乎。将茶叶放到带有梅花图案的瓷壶里,倒上开水,把壶盖放好,静待时间的沉淀。也是这次,大爷用茶水在木桌上,一笔一画地教会我"茶"这个字,字迹已干,痕迹全无,记忆确是非常深刻,茶,品久了才更有味道。

在我的家乡,茶似乎是一种经常挂在嘴边的东西,家乡的人将开水或是凉白开,都叫作茶,即使里面没有茶叶。他们说喝点茶,其实是喝水,我们总说茶水茶水,这样看来,也没什么不通之处。这平平淡淡的白开水,简简单单的茶,是最素朴的茶,也是最能包罗万象的茶,透明清澈却难让人理解其中境界。

我不善品茶,更不懂什么是茶道,但不知如何,偏偏喜欢上了喝茶,不管是什么茶,都喜欢拿来冲泡,慢慢地去品味。特别是茶入口的那一瞬,细腻柔和不失风味,温文尔雅略显青涩。冬有暖茶,夏有凉茶,每个季节,每个地方,每个人,都有属于自己的茶,自己的故事,自己的人生。

最近去一个好朋友家,坐着没多久,便不由自主地走进他的书房,墙壁上的书法画卷映入眼帘,弥留着一股书

香气,让人神往。他的书房和阳台相连通,阳台上放着两个一米多高的小橱柜,平整的地毯上放着低矮的木制茶桌,靠着木桌旁的橱柜上整齐有序地摆放着茶壶、茶碗和瓶瓶罐罐的茶叶,单就那些瓷制器具来讲,就让人怡心如花,赏心悦目。

我看着橱柜上大红袍、绿茶、普洱茶等茶叶数不胜数,朋友问我想要喝什么茶,我的目光稍微停留,我说还是铁观音吧。热水没一会儿就烧开了,咕嘟咕嘟地打着嗝,拿一把青瓷茶壶,放入茶叶,倒入热水,等待着时间的酝酿。

朋友让我选两个茶碗,我懵懵懂懂地挑了两个自己喜欢的瓷碗,他也挑了两个。我带着不解,问他为什么要每个人两个茶碗,他笑着将我们各自的茶碗倒上热茶,给我解释说,你在喝一碗茶的时候,另一碗就没那么烫了,口感还可能会好一点。并且,当你喝完一碗茶后不至于让别人添茶,当你端起第二杯茶时,别人就知道该给你续茶了,你只需要慢慢地品,慢慢地去回味。他问我喜欢喝什么茶,我不假思索地说出菊花、玫瑰花、蒲公英、毛尖、铁观音等,他说菊花、玫瑰花、蒲公英这类算不上真正的茶。

或许他是对的,但我并不这样认为。我看着墙上挂着的绿萝,心里想着不管是由什么植物的花叶制作而成的茶,都有自己独具一格的鲜色,没有卑微得不值一提。同样称作茶，他有他的味道，你有你的姿态，我有我的故事，纵使同根同源，谁也无可替代。

经过道道工序制作而成的茶叶，经由热水的洗礼，在水中滞留，旋转伸展成原有的鲜色，带着生命的气息，在口中滑过。历经沧桑，洗尽铅华，清茶一盏，品尽人生百态。

毛 毛

直到有一天,你舍不得地离去,不仅你身边的家人朋友,因为它已经植在你的记忆里。纵然,你的眼里千山万水总是情,或许,它的眼里只有你。

夜里刷朋友圈,看见朋友晒了一个视频,视频里的小蓝猫确实挺好看,朋友配文:我被萌到了!看见另一个好朋友点赞,想着姥姥家的六只小猫还没人抱领,我便私信他是否想养猫,给他发过去照片。他说挺喜欢宠物,但他不会去选择养猫,如果要养也是养狗,我问他为什么,他回了我九个字:知天理,通人性,明是非。我沉默不语,没作答复。

见过认真负责的导盲犬,见过勇敢救主的狗狗,也有照看孩子的萌犬……甚至还有主人去世之后,待在墓碑旁静静守候的忠犬,太多的瞬间,记录着欢喜,更记录着感动。

记得小时候,在姥姥家吃完饭要回家,姥姥就会对我们讲:"外孙是姥姥家的狗,吃完就走。"听到这句话,

第二章 懂 得

我们表哥表弟几个人就会嘿嘿一笑，待在原处，再多待一会儿，都不想当那只"狗"，那时候我认为"狗"是骂人的，直到长大，真正自己养过一条狗，看过一些令人感慨的故事，突发感慨，它真的会令你感慨万千。

记得毛毛刚来我家的时候，我才上初一，一到我家它就跑到了桌子底下，不肯出来。别看它这么害怕羞涩，它的童年多是在我的怀里和脚后跟后面度过的。与其他的中华田园犬不同，毛毛是长不大的，像人家养的柯基那么大，只不过腿没有那么短罢了。它棕黄色的皮毛却撑不住它大大的肚皮，眼睛大大的透着一点水灵，耳朵大得向下耷拉着，额头上有着一撮白毛，形状是一个心形，像极了人家咖啡师杯中的拉花，它的步子很小，跑得却挺快，尾巴一摇一摇的，很是让人喜欢，因为它毛茸茸的，所以给它起名毛毛。

之后，我在一个住宿制的学校里上初中，差不多两个星期回家一次，每一次回家都可以看到毛毛长大不少，心里还是挺开心的。母亲怕有药狗的，也怕毛毛出去不回来或者是惹祸，毛毛大一点时就给它搭了个窝，用链条把它拴住了，给了它一个非常重要的看家任务。

每次我一回家，毛毛都会叫个不停，尾巴也来回摇晃，我把手放在腰间，手掌向下，它就会两脚支撑站起来，用两个小前爪够我的手，你要是去摸一下它的额头，它的耳朵就会自然地顺下去，有趣极了。它一直冲我叫，我心想它是想出去溜达溜达，于是便以"遛狗"的理由把毛毛牵出去，取下它的绳索，它就撒了欢似的奔跑，纯真又可爱。

直到有一次领着毛毛出去溜达，它竟然消失在了我的视线里，好久都不见，以为它已经跑回家了，回家之后也没有找到它，一家人着急忙慌地出去寻找，也没有找到，没想到，第二天它自己回来了，自那以后再也不敢让它出去了，生怕一不留神就是离别。

后来，我们搬到了新家，毛毛就被寄养到了姥姥家，每当我去姥姥家的时候，它一听到我说话就会叫个不停，直到我到它跟前，它才会停止低叫，摇摆着尾巴，你去抚摸它的时候，它又会变得更温顺，眼睛里泛着晶珠，当我走的时候，它的叫声里又会有一丝的不舍，姥姥说："你看看，它多能啊，知道你来，知道你走。"很多时候，不经意间，它会让人暖心，也会让人心疼。

不知道过了多久，姥姥家又养了一条狗，姥姥说养不了那么多，想要把毛毛卖了，我坚决抗议，我说："它能吃多少东西，更何况还不知道它能够活多长时间，就让它慢慢老去，难道不也是善始善终吗？"说到这里母亲也是不同意，姥姥只好作罢。我看着姥姥家的猫，问姥姥："这只猫，都断了一条腿了，您为什么还要养着它？"姥姥说：

第二章 懂 得

"这只猫好些年了,虽然说没了一条腿,但它也毕竟是一个'生灵'啊,况且你看看,它生的那一窝小猫,多好。"我说:"姥姥,你的猫和我的毛毛在心里是一样的地位,或许唯一的不同就是,我养的毛毛,可能比您和它的感情更深一些。"有些时候换位思考,可以消除内心的隔阂,但对于这些宠物,我们需要一视同仁,更需要达成共识。

在我写完这篇文章的时候,毛毛刚刚度过了它的第八个年头,我不知道它还能活多长时间,正是因为这样,我们一起经历的时光,不想在失去它的时候再去记录,选择不了忘却,那就好好地记录。

它会黏着你,它会缠着你,请你不要烦躁、生气,可能它只想在它仅有的时间里好好陪陪你,也许就这么简单。

人这一辈子并不长,狗这一辈子更短。或许,人这一辈子不会只养一只狗,但狗会用它的一辈子去守护你。孤独的人那么多,遇到它们是缘分,当它们离开,不要用下辈子去安慰自我和他人,只愿它们的今生因你未有不安。

或许,当它们即将离开我们,离开这个世界的时候,它们的心里真的想对我们说一句:我也很想一直留在你身边。

猫

最近看到一些技艺高超的画家,画猫画得栩栩如生,根根细毛勾勒得层次分明,两只眼睛如水晶一般明亮清澈,顿生喜爱之情,转而让我想起了家里的那几只猫。

在农村,家里是需要养只猫的。尤其是居住在茅草屋和瓦屋里,就更有必要了,正所谓一物降一物,猫对老鼠有着不同凡响的威慑力,你不必计较猫到底抓不抓老鼠,只需要明白有猫在,鼠就不会太猖狂。家里养过不少只猫,但我的记忆里最清晰的还是那只小白猫,它刚到我家时,就被它身上的毛给吸引住了,纯白如雪花。因为这个原因,我们给它起名小白。我们一家人对它很是喜欢,但它却惧怕我们,一会儿蜷缩在桌子底下,有时又飞奔到床下,在很长一段时间那只猫是不知所踪的,它似乎是不愿意出来,面对这个陌生的地方和几个陌生的人。它只有在吃饭的时候,才会冒险出来放个风。

也不知道是在什么时候,这只猫慢慢开始和我们熟络

第二章 懂 得

起来，不再那么拘谨，也不再对我们那么恐惧。它慢慢开始长大，身躯渐长，尾巴也跟着变长。它开始在木头上磨爪子，进而学会了爬树，院子里的那棵石榴树成了它的瞭望塔，它经常爬到顶上，蹲在树干上，看着飞来飞去的鸟，它的眼睛也不断转动着，时刻盯着自己的目标，就这样它能在树上待一上午。

小白逐渐长大，也逐渐调皮起来，如果你拿些布条或者绳子，它就会迅速跑上来，对着忽然抖动的绳子或布条一顿乱抓，有时候和小白在一起，我是不敢有太大的动作的，一动手脚，小白就会上来用爪子摆弄一番，自己玩得不亦乐乎，却让我变得拘谨起来。有时候，我们来了兴致，也会挑逗挑逗它，找来一根木棍，上面拴上一根布条，用木棍控制绳子，不断抖动，让小白去奔跑争抢，这样看来，与其说是小白想玩，不如说是它陪我们玩。

晚上吃过晚饭以后，是一家人坐在沙发上看电视的时候，小白会爬到沙发上，进而跑到我的腿上蹲着，一摸它的头，它就会眯缝着眼，把脸朝向我，我不知道它是喜欢还是讨厌这种做法。它柔软的白毛给人一种舒适的感觉，特别是到了冬天，它在我的腿上待一会儿就会很温暖，夏天是不适合猫在腿上长坐的。

猫和人一样，在夏天，小白会直接躺在屋里的地上的，

水泥的地面是带着凉意的,从水泥地面被它蹭得锃亮看来,在炎热的夏季它是喜欢这种凉意的。即便是到了屋外,小白也是多半会躺在树荫下的。最有趣的是冬天,每当到了中午,太阳正盛的时候,它就会躺在院子里或者是窗台上,获取来自太阳的温暖,阳光散落在它身上,让那洁白的毛更显光亮。小白就这样每日在阳光下休闲地睡个午觉,午觉过后伸个懒腰,打一个大大的哈欠。到了晚上,小白就会趴在火炉旁边,闭着眼睛体会温热,胡须此起彼伏地跳动着,还会传来它独特的鼾声,要是在它旁边睡觉,是极难入眠的,除非你先于它进入梦乡。清晨和傍晚时分,小白也是忘不了汲取温暖的。那时候,家里还是支着一口地锅,在乡下,冬天闲来无事,还是经常用地锅做饭,做一大锅粥可以喝上一整天,用柴火做的饭是很香的,这也是人们选择用地锅做饭的一个原因。等着做好饭,灶膛里面的柴火逐渐失去红色,小白就会爬到灶膛里面,坐在里面取暖,我们看见它这样,就会把它揪出来,生怕那余火把它的毛点燃,每次把它揪出来之后,它那雪白的毛上沾了一层草木灰,它抖抖身体那灰就四下散去,久而久之,它那白色的毛就变成了灰色,平添了几分喜感。

过了几年,小白突然不见了,找遍附近的地方,问遍周围的邻居,仍是无人知晓它在何处。一家人还是经常念

第二章 懂 得

叨它,特别是在吃饭的时候,让人忍不住去看它平常吃东西的瓷碗,心里有种莫名的失落,之后,我们家有五六年没有再养过猫。人和动物之间是有感情的,这种感情存在于彼此之间,是在平常的日子里积累起来的。正如我外祖母家的那只橘黄色的猫,在一个平常的夜晚,它跑到外面踩到别人家的铁猫夹,两只前腿被夹得溢出血来,那猫爬回来,躺在屋门口,发出凄惨的哀号,惊扰着附近的狗不断狂吠。外祖母被惊醒,打开门来,看着那橘黄色的猫的前爪,嘴里虽谴责着猫,眼里却流露出悲伤的神情。它的两只前爪都被铁猫夹给夹掉了,外祖母用布条包扎好它截肢后的伤口,又磕了两个鸡蛋给它吃,它也算是活下来了,只不过走路有些不便,前面两只腿悬空着。行走之时,如同袋鼠一般,外祖母把它拴住,以防它再次出走,外祖母并没有因此对那只猫有一丝的嫌弃或者是放弃,我想这便是人和动物之间最为重要的情感。

"钱钱"是一只纯黑色的猫,"不可一世"的眼睛,看起来,它把谁都不放在眼里,带着一种蔑视和高贵,有时它傻得可爱,喵言喵语也独树一帜。钱钱是老姐刚刚搬入新家时捡到的,说起来也算是缘分,钱钱小时候很可爱,毛茸茸的,在地上滚过来滚过去,阳光正好的时候伸个懒腰,照在它黑色的毛上闪着金色的光,给人一种不一样的感觉。

　　似乎哪个地方它都能去，不管物品和家具有多高，它都能跑上去，钱钱跑起来的速度不亚于猎豹，总是瞬间提速，然后吓人一跳，钱钱爱吃鸡肉不爱吃鱼肉，也非常喜欢喝白茶，其他茶叶泡的水也喝一点，不愿意喝白开水，钱钱就这样享受上了，爱好有些特殊，性格有些奇特，创造小惊喜，也制造小麻烦，这便是钱钱。

　　有一次看着钱钱躺在地上，我感慨道，做猫真好，随处可躺。老姐说："关键猫不用上班。"两个人哈哈笑了起来，都说黑猫邪性，我觉得此说法有误，最真实的情感来自日常的陪伴，人如此，动物更甚。

/ 第三章 /

走过才可知

第三章 走过才可知

悲伤在流浪

最近在读季羡林先生的《生活明朗万物可爱》,其中有一篇文章《母与子》让我感慨颇深,正所谓母子情深,真正的悲伤一旦开始便没有结束的时候。世事无常,一切惨淡的背后都伴随着不可诉说的悲伤,被灾祸碾压在地上的苦命人,不会再去诉说自己的不幸,苦难沉入心底,悲伤辗转心头,真正到了那个时候,还能够好好活着,想必也就是所谓的乐观豁达和想得开吧。

绝望

曾经两次写过这个故事,一次散文,一次小说。最近在整理写过的东西,而这两篇书稿怎么找,也找不到了,可能人人都有这样一个体会,越是要用到那个东西的时候越不容易找到,不找的时候又自然出现。可我大概是不愿意,就这样不知结果和时间地等待。于是我又开始动起笔来,虽然时隔多日,但也清晰地记得那位老妇人。

那还是我上私立中学的时候，一回想到中学，就会想到那位老妇人。我想只要是在那所学校上过学的人应该都见过她：深浅不一的皱纹，灰白凌乱的头发，深邃的眼神，就连那嘴唇也干裂得溢出血来，头上永远系着那条掉了色的蓝头巾，衣衫褴褛，甚至身上有股让人难以喘息的气味。就是这样一个老妇人，在那个学校附近没有一个人对她避而远之，或许是看她有些可怜，抑或是别的什么由头，人们在有空的时候，都还愿意和她聊聊天。

除了宿舍里的管理员老大爷，我们学校似乎只有两个人在捡废品，一个就是这位老妇人，另一个是她的老伴。那几个大垃圾箱旁就是他们的驻地，两个老人家似乎每天都起得很早，在那垃圾箱里忙忙碌碌地翻找着，完成这项工作之后，老妇人便会推着那辆看起来比她还老的三轮车满校园里逛荡，那三轮车吱嘎吱嘎地响着，回头率还是比较高的。

当她闲下来的时候，就会坐在那个国旗台下，看着路上人来人往，一副若有所思的样子。我和她有过几次谈话，都是些打发时间的闲聊，一和她交谈起来，她那眼睛就变得有神，仿佛在嘴角也有些笑意，看来她很喜欢和别人聊天。她询问我的学习情况，我说还可以，又问我对这个学校适不适应，我说已经适应了，她又问我……她好像已经停不

第三章 走过才可知

下来了,絮絮叨叨地不断追问我,我想我是时候反问她了。我问她的家庭情况,她回答我说,她有两个儿子。"你们都这么大年龄还出来捡废品,有两个儿子就让他们好好孝敬孝敬你们不就行了,为什么还要这么辛苦?"我继续问道。她停顿了片刻,回答道:"他们各自都有家庭,我们自己捡点废品,养活自己就行了,也给他们减轻点负担。况且我们都老了,年轻人爱干净,我们怕他们嫌我们脏,也就不去麻烦他们了。"这个回答,好像是老年人的固定答案,我也回答了一句:"自己的父母,再怎么样儿子都不会嫌弃,您就安心享福就行了。"她看看我,眼里流露出一丝欣慰,看起来这句话她很满意。

一直以为她就是我眼中那个平平凡凡的老人,直到后来,一个老师谈及这位老妇人,我才知道她背后的悲情故事。正如她所讲,她有两个儿子,年龄相差不大。多年以前,他们也是比较幸福的一家人,如果按照正常的发展,到这应该正如她所讲的一样,自己的儿子都已成家立业了,但这个幸福恰恰被按下了暂停键。她家有几亩田地,夫妻二人把那田地整理得很好。夏天也是锄草的好时候,太阳的温度可以把锄掉的草很快晒干,不再复活。吃过午饭,他们像往常一样下地干活,但是天太热了,她实在不忍心让自己的两个年幼的儿子下地干活,于是就安排大儿子照顾

小儿子,在家里一起玩。她锁好大门,似乎还有些不放心,于是便又折回,把里屋门也锁上了。

悲剧就这样发生了。在两人走后不久,两个孩子在屋里玩起了火柴,点了什么东西我们就不知道了,但火确实是着起来了,等邻居发现,那火已经引燃房顶(茅草盖的房屋),打了消防电话,但路途遥远一时半会也来不了,同时有人去找夫妇二人,邻居们也纷纷帮忙救火,但怎样泼水也不见火小。后来还是消防人员灭了火,他们两个人得知消息也匆匆回来了,回到家便找自己的儿子,但也无人言语,看着那坍塌的房顶,当场晕厥,醒来就冲到门口,灰黑的木门还挂着那把大铁锁,两人疯了一样用手向那锁打去,急忙被邻居拉开,邻居们帮他们把门拆了,找到他们为之发狂的两具尸身,两人瘫坐在地上,不停地哭。此后,他们真的悲痛欲绝,越不过心里的那道槛,他们后来没有再要个孩子,我想大概也是这个原因。

他们整日陷入极度的悔恨中,进入了人生的绝境,那种绝望是不能轻易摆脱的。至于之后的事情就不可知了,我想他们没有了精神的支撑之后,也是艰难度日,穷困潦倒罢了。后来,也不知道过了多久,校方看着他们很可怜,于是就让他们自由出入学校,平时捡些废品,用来维持生活。

听完这个故事，所有人都觉得感慨颇深，意味深长。不免有人说，可怜之人必有可恨之处，可恨之处自然是有的，但我想这种可恨，作为我们局外之人来讲，实在是没有资格去评判。因为她深知自己的过失，她比旁人更恨自己，自然，那种绝望和悲伤更是旁人所不能感受到的。当时她不愿提及，想必也是不愿想起，那段悲惨的故事，永远地成为她心中的疤痕。

后来，还是经常见到那位老妇人，还是有不少人同她聊天，走过她身旁，耳边又传来了那句话："他们各自都有家庭，我们自己捡点废品养活自己就行了，也给他们减轻点负担。况且我们都老了，年轻人爱干净，我们怕嫌我们脏，也就不去麻烦他们了。"

度日

很早就想为这个人写点文字，但迟迟没有下笔。如今再想动笔，也是因为内心深处的那种情感，不得不写点东西了。

她叫小棠，是我的小学同学，也做了一年的同桌。她很漂亮，人也很善良，所以人缘也不错。她平时很喜欢折纸，自己玩，自然也送人，除此之外，我也记不清她太多的爱好了。

还记得语文课上,默写词语和古诗,但黑板毕竟,站不开几个人,老师也不想让我们都在位子上,为了防止我们"互帮互助",便想到了一个极好的方法:因为我们的教室是水泥地面,于是老师就抽出一些人,让我们在两排桌子旁的过道拉开距离,拿着粉笔蹲着默写东西,两个过道可以同时让很多人一起默写了,现在看来,这种方法真的很因地制宜。

那时已经是六年级了,我和小棠已经不是同桌了。那天上语文课,像往常一样默写词语,我和她都被抽到,蹲在地面上准备默写,我们中间隔着一个同学。刚刚默写了两个词语,就听见"啪"的一声,接着就听见前面的同学说:"老师,小棠晕倒了。"老师急忙走下讲台,我们也起身看去,只见小棠趴在地上,嘴里吐着白沫,不仅是我们,当时连老师都吓到了。老师让班长叫来校长,校长打了急救电话之后,急忙抱着小棠往外跑去。

之后一连几天,小棠都没有来学校。直到下一个星期一,小棠像往常一样来到了学校,同学非常关心她,询问她的病情,她微笑着说,已经没事了,是早上和中午都没有吃饭,饿得昏厥了,我们便劝她,让她好好吃饭,保重身体。进入了初中,我们便不在同一个学校了,更没想到小学毕业竟成了最后的永别。初一时,她的好友林芳给我们昔日

第三章 走过才可知

的同班同学传来信息,小棠永远地走了。

我们和林芳一起去学校,把这个消息告诉一直带我们的辛老师,老师听到这个消息顿时两眼通红,忍不住落下泪来。这时,林芳才告诉我们小棠去世的内情,原来小棠患有癫痫病,很早之前她就知道自己的病症,她的父母已经准备给她做手术,但被她拒绝了,她说:"医生都说了,手术后也不一定能好,那微小的治愈概率我实在是不愿意去尝试,我还是顺其自然吧,留着钱给你们两个人养老,你们要好好地活着,多看看美好的世界。"她的父亲说:"孩子啊,这钱既重要也不重要,给你用来看病重要,你若离开,把钱留给我们就不重要了,即便是再多钱我们也是选择你。"但小棠依旧坚持自己的观点,拒绝手术。听到这里我们在场的同学和老师,全部潸然泪下,抱在了一起。后来才得知,小棠不是父母亲生的,而是领养的,并且是唯一的一个孩子。

经常听说,有些老人身患难治之症,为了给自己的孩子留些钱财,不愿再去治疗的事情。但让我们没有想到,小棠这样一个小女孩也这样考虑,这种成长想必也是不可被超越的。

我也没想到,在我上高中时遇见了当时小棠的初中同学,恰巧我和她坐得挺近,一个偶然的机会,听她说小棠

的事情,她问我关于她的事情,我如实相告,当她听完也是泪如雨下。

后来,每次赶集都能够碰见小棠的父母,有时在镇上遇见他们买东西,他们还是像往常一样生活着,彼此之间也很恩爱,只是脸上没有了往日的那些喜悦,看起来似乎话也少了,就连眼神也有些无神了。至今,他们还是那样生活着,没有子嗣,也许是他们对小棠充满怀念的原因。或许他们早已不再眷恋这个世界,但小棠的嘱托成了他们度日的精神支撑,他们把活着当作一种心愿,用尽自己的余生去完成的。

起起落落是坎坷,但也比不上大喜大悲,让人难以接受。不幸的家庭各有各的不幸,这种不幸更是折磨,哪怕度日如年,也要完成最后的交代,让绝望消弭,任悲伤流浪。

各自的世界

情绪

说到情绪,除了行为上的活泼,我想我大抵是一个急脾气,很多时候不由自主地暴躁,我自知这是一件危险的事情,但在我看来这也不是一时半会儿能够更改的。因为我很多时候都在刻意地压制,虽有些帮助,但效果不是很好。

我脾气这么暴躁大概是初三养成的,后来到了高中就愈发张狂了,高三的时候,班主任给我调了一个娴静的女生做我的同桌,在调位之前我对她一无所知,仿佛她很少出镜。到后来她证实了这点,她基本上没有和我们班的男同学说过话,于是在老班的安排下,我们度过了此后的高中时光,彼此之间的改变也由此产生。

刚调位时,我们俩彼此之间不是很熟悉,彼此比较拘束,除了互相介绍,发些牢骚之外也不说什么话,但之后的日子里,我们慢慢成为好朋友,甚至是无话不聊。我自诩自己是一个幽默的人,总能够在平淡的时间里,让我的同学

忍俊不禁，而我也自然成了那个笑点，或许这也是我和我的同桌成为好朋友的一个重要原因，也是她后来由文静变得活泼自信的前提。

她真的是特别文静，以至于在很大程度上改变了我的性格和脾气，每当我与他人因矛盾吵起来的时候，她真的会拼命地拉着我，阻止我，告诫我要冷静。我们彼此磨合，彼此交流，互相帮助，相互改变，直至后来她多了几分活泼和自信，我少了几分暴躁和冲动。

我真的很庆幸，遇见这样一个娴静的人，在平凡中清净我的内心。但后来我也差点失去这样一个好朋友，有一次，我冲她发火了，说完那些难以置信的话我便后悔了，我以为她会流泪，但她远比我想象得坚强，和我辩论。那一晚，气氛尴尬到了无声，甚至在此后的几天我们都没有说话，慢慢思考之后的冷静，是真正害怕失去一个朋友的无助和自责。虽说后来，我们依旧是很好的朋友，但这件事情真正让我自责。

现在的我，有时还是有些冲动，爱耍些脾气，但对比之前的我，真正改变了许多。或许也只有自己的家人和最知心的朋友才会包容你的小脾气，但我想这种忍受也是有限度的。所以，改变自己的情绪尤为重要，我的暴躁，她的低沉，只要你想改变，都能慢慢变好，别让坏情绪控制自己，更别让坏情绪影响他人，这样，你会生活得更好。

交谈

除了情绪之外，当你遭受一些苦难，或者遇到差强人意的事情，抑或是突如其来的愁苦和抑郁，都会让你不能自已。遇到这些事情，很多人选择沟通，向他人倾诉，我想这大概是一个不错的方式。有人说这并不合适，没有理由把坏情绪、坏事情传播给别人，但我并不这样认为，因为你不可能永远快乐，也不可能永远把悲伤埋藏于心，并且沟通和交谈永远都是两方的事情，一个愿意说，一个乐意听。

交谈这个事情是非常重要的，在倾诉中能够解决不少情感"不适"，让人放心过往，平静内心。但有这样一个怪圈，想必每个人都有这种感受，我自己也体会过：当别人对你诉说的时候，自己真的可以成为一个情感交流师，说起话来头头是道，但当你遇到问题和困扰时，自己的脑子里就一片空白，不知所以。

我有几个有些抑郁的朋友，经常情绪失落到极点，摆脱不了自己的低迷情绪，甚至有时真的会做些想不开的事情，简直让人胆战心惊，我总是不厌其烦地选择去倾听，根据他所讲的事情，慢慢开导，甚至说出我自己认为讲不

出的语句：

小磊：我真的很难过，每次看见空无一人的房间，内心就有种孤寂感，无聊透顶，莫名的失落。

我：人的世界里总有孤独，孤独的世间也有花海，你越消极堕落，它越是涌上心头，操控你的生活。或许你真的很无聊，很孤单，但我想这是可以改变的，刷视频、读读书，甚至去喝杯奶茶，都会拥有一个好心情。你真正地忙起来，就不会感到空白，自然不会孤独。

小磊：我感觉人来到这个世界上是受罪的，没有太多的意义，不如早些摆除痛苦，脱离苦海。

我：我想你应该去看看《钢铁是怎样炼成的》和《活着》这两本书，去重新定义一下人的价值和活着的意义，纵使孤独与苦难日夜虐待你，也不是拖累你成长的借口，这个世界依旧美丽。你应该走出去，做自己喜欢的事情，学会享受生活。

……

有好几次，当我也因众多琐事，顿生愁苦，感到一切都毫无意义，很是忧郁。而自己总在胡思乱想，当抑郁真正落到自己身上时，没有一点答案。原本对开导别人头头是道的语句似乎全被抛到脑后，思想仿佛进入一个迷失的世界，杂乱的事情循环交错，没有一点轻松，只有无助和压抑。我寻来一个朋友倾诉悲伤后,翻开这些开导别人时的聊天记录,也有些改善,这种成全在很多时候,是帮助别人,更是帮助自己。

后来,我终于想明白这件事情,愁苦和压抑就像是一条河,深不见底,如同苦海一般。而你我皆在岸上,一旦你进入这抑郁、孤寂的情景,就像是入了这般苦海,而我在岸上,自然体会不到来自深渊的纠结,只有身临其境才能感受到那种无助和失落。你看不懂别人的世界,别人也不清楚你的内心独白,只有同样的遭遇,想必才有同等分量的认知,产生共鸣。

倾诉与倾听,是相互转变的,作为一个人,这两者都是弃之不掉的,更是不可或缺的,其实这在本质上就是一种互相帮助。就如同岸上的人,不知是谁先入苦海,谁平安在岸,在岸上的人还是要拉一把水中的人,让人脱离苦海,若你身临其中,想必别人也会不假思索地伸出双手,成全你,也成就自己。

交谈对那些思想困境来讲,无疑是独具功效的,虽然有时我们也会跌落苦海,但我想这也是一门人生必修课,因为没有人永远阳光快乐,更没有人永远是倾听者。在自己人生苦旅中,一成不变才是最可怕的东西,苦难之后才会更珍重每一个平凡的日子。

离 别

近乡情思切

每次离开家乡,都会有一种特别的惆怅,深深地触动着自己的内心。求学也好,旅游也罢,数不清有多少次离开那片故土,离开自己的父母,仿佛每一次都是相似的,近在咫尺,像是发生在眼前一样。

在家里待久了,母亲就会唠叨着说,你快上学去吧,别在家烦我了,然后不紧不慢地去做饭,忙着做其他的事情。每次我要离开家的时候,母亲又会说:"可算是走了,我在家可舒坦了。"但我转身离开的那一瞬,父母眼光中的那份不舍,更明白他们对我的那份说不出的爱。

当我真正远离故乡,去了一个遥远而又陌生的城市,完成最后的学业时,才真正感到对故乡和家的那种依恋。坐在车上,我似乎对这种遥远有些莫名的失落,后来想到,燕子都可以由南到北,长途跋涉且不辞辛劳,我这几百里的路程也就不值一提了,突然感到故乡还是挺近的,但对

第三章　走过才可知

故乡的那份思念依旧没有减少。

汽车缓慢地停在校园，我跟着拥挤的人群向前走着，就这样开启了我的大学生活。时间一久，就勾起我的思乡情来。在宿舍里，经常谈论而且盼望的事情就是放假回家，听到有关放假的消息会立马有了精神，来了兴趣。学校的生活是紧张而又充实的，或许也只有闲下来才有时间去想念，每当夜幕降临，即将进入梦乡的时候，你会不由自主地望着窗外的月色，想念起那片故土上的人。

在每次即将放假的时候，人们都是异常迅速，果断地打点好自己的行囊，甚至提前两个星期就买好车票。每当我坐上回家的车，心情就变得无比愉快，路上的一切都成了眼中的风景。到了车站之后，坐上公交车再转另一辆公交车，做到最后一站下车，换乘三轮车就快到我的家了。一路上很是辗转颠簸，但却压抑不住内心深处的兴奋。还没有进村，就远远地看见家乡熟悉的青山绿树和高低不齐的房屋，给人一种归属感。

望着家乡，离自己越来越近，慢慢进入那片土地的时候，心里便有些五味杂陈，想必就是宋之问笔下的"近乡情更怯，不敢问来人"吧，越靠近故乡，思念的情感就到达了极致，越迫不及待地回家。于是便加快了脚步，回到家后，对家里的每一处东西都有很大的兴致，不管身心的疲劳，

总是要把那熟悉的事物看一遍,看看有没有变化,看完这些,总是要去祖父、外祖父家走上那么一趟,在村子里的街道上遇见熟人,打个招呼,闲聊几句,这也许就是最亲切、最纯真的问候,也怪不得让人近乡情思切了。

各奔东西

时间过得真快,一转眼,大学三年即将过去,毕业也进入了倒计时。每次毕业季,都要离别一些熟悉的人,来不及告别就要各奔东西,向着自己的人生目标继续前行。最近和几个高中同学聊得挺热闹,聊了聊自己身边的趣事,自己的学习和生活。虽说经常在朋友圈看见各自的日常动态,但这样敞开心扉地交谈,无疑是一种良好的互动。谈笑中,我们约好下次再见的日子,对这些各奔东西的老友,竟有些发自内心的期待,期待着相遇,期待着再见。

大学宿舍是六人间,在这说长也不长的学校生活里,彼此之间有过争吵,也有欢笑,现在仅有怀念和思念了。大一下学期,一个舍友就去当兵了,没有感觉到有多少不适,到了大二下学期,宿舍里又有两个人走了现代学徒制,提前进入企业学习,也没有太多的不适。现如今,宿舍里又有一个人即将去企业跟岗学习,我们的宿舍即将被合并,才真正感觉到那种不舍,那是源自对人的思念,想起来当时我们在一起度过的第一个中秋节,当时我还写了一篇叫《但愿人长久千里共婵娟》的文章,后来被发表在了当时学校的校报上,成了那一年中秋节宿舍里的热点话题,现在又到了中秋节,再读一遍那篇文章,竟别有一番滋味在心头,现在我把这篇短文附上:

一袭云朵似轻纱般缥缥缈缈,皓月当空如少女一般掩着面纱,月光穿透婆娑树影,轻柔写下她的柔情。风像个调皮的孩子,掀开她的面纱又遮盖上她的容颜,让人们翘首以盼,月亮中折射的是亲人的面孔,饱含相思的情感,在这中秋佳节,就忙碌了月亮,让她捎去各自的思念,但愿人长久,千里共婵娟。

"阴晴圆缺都休说,且喜人间好时节。好时节,愿得年年,常见中秋月。"一年一度中秋节,就在夜幕的降临下慢慢展开了,月亮也在万家灯火的照耀下初展娇羞,给人一种神秘感,一种朦胧美。花草轻轻摇曳,像是微微一笑,陶醉在这月夜美景之中。在这中秋之夜,固然不能固守高楼,披衣而出,我慢慢走着,欣赏着这月下的美景。不知不觉,来到小桥旁,我轻轻走上木桥,凭栏处,望着河水微微荡漾,在月亮照射下也有一番波光粼粼的景象。河边的芦苇已然叶了,在灯光和月光映照下,像月饼的外皮一般,空气中略带月饼的清香,给人一种微妙的感觉……

在青砖小路上慢慢踱步,灯光轻柔。我抬头看着天空,月亮跟着我一起踱步,低头望见自己的影子,不知是月亮还是路灯,显现出另一个行走的我。驻足停留,寻得一株蒲公英,雪白的种子像是天鹅的羽毛一样,细腻柔软。我低头慢慢看着它,它抬头细细看着月,微风轻起,蒲公英像降落伞一样慢慢散落,像极了冬日雪花,仿佛是落下的泪珠。也许,在这中秋之夜,它也非常想念它的故乡和亲人吧!我继续向前走,想着故乡,念着亲人,回忆着往昔。

回到宿舍,将板凳搬到阳台,吃了个包着真情的月饼,散发着思念的味道。舍友回来后,一起在阳台开个中秋"茶话会",虽说"茶话会",每个人也寡言少语,呆呆望着窗外。接了一壶开水,小A泡上了一壶铁观音,洗了点葡萄,没有茶盏,遂将茶水倒入水杯之中,共饮一壶清茶。我突然笑了,小S问我为什么发笑。我说,古时苏轼虽孤身一人,在月下独酌,李白说"举杯邀明月,对影成三人"。而今我们饮茶赏月,是否也别有一番韵味啊!顷刻之间,相谈甚欢,看着月亮,念着故乡,再饮一杯清茶,甚是欢乐。

中秋佳节,或许此刻我们已经和亲人一起赏月,或许我们天各一方相互遥望,但我们无一不是在月下行走,望着天空,留有赏月的欣喜。我们在一时一刻可能会感悟一生一世,在平常的夜晚中欣赏出不同的月色,我们在匆匆忙忙中静心思索,放慢脚步等着慢慢变老,心里思念着亲人。此夜,愿你我推窗有月,未来可期。但愿人长久,千里共婵娟,一切安好,如此甚好!

记忆中的一幕幕在眼前流过,不禁有些怀念,在那些一同走过的日子里,每一刻都值得怀念。在很多时候,人总是要各奔东西的,不知走向哪里,总是盼望着再见,也不知何时再见,离别是不能阻挡的,在各奔东西的日子里留下些回忆。

还有一种离别是生死之间的离别,我也就简单谈一谈,不再另起一篇了。人的一生皆有定数,这定数是不可捉摸的。有些离别可以相遇,可以依旧如故,唯独这生死离别,涌上心头的是无限的悲伤和孤苦,是渗透到人的全身的。人离开任何人都可以活下去,但亲人故友的离开总会让人心生愁苦,那种诀别是无尽的哀思。父母亲友的缘分,就是一场渐行渐远的别离。贾平凹曾写"父母在,人生尚有来处;父母去,人生只剩归途"就道尽这种别离,趁父母健在,亲友安好,多尽孝心,多尽友谊,人的一生很短暂,没有太多过不去,因为你过不过得去,你也终将离去,对这个世界好些,哪怕有太多的不尽人意。

永 别

本来,这篇文章是放在离别当中的,后来思忖再三还是把这篇文章独立了出来,以此来表达我对外祖父的尊敬和想念,我想这种做法是可以理解的。

有些离别还会再见,有些离别成为永别。外祖父,一生都在奔波忙碌,吃过太多的苦,享过太少的福,这就是他简单的一生。

外祖父兄弟四个,外祖父是老大。听外祖母讲,外祖父祖上原本也还有些家产,生活也还富裕,但后来却被外曾祖父给败光了,家庭生活就变得拮据了。可以说,是外祖父将他的弟弟们养大的,一直到给他们娶妻之后才分家,单是这一项就不知道需要付出多少。

外祖父外祖母是真正挨过饿的人,母亲小的时候也是经常挨饿,经常听母亲讲她小时候饿得一直哭,有一次一个卖粽子的小贩路过,停到外祖母和母亲身旁,外祖母抱着母亲,母亲用小手一直扒着装粽子的竹筐,不肯松手。

小贩对外祖母讲："小妮哭成那个样子，你就给她买个粽子吧。"外祖母慢慢吞吞地回答，没有钱，一旁的人看见之后说："没有钱，回家拿个鸡蛋换个粽子不就行了。""我要是有鸡蛋，我不早就煮给她吃了，我还能让她饿得哭吗？"外祖母说着眼泪就掉下来了。

我小时候经常和外祖父去看场（农村用来晒粮食的土地），有风的时候就使劲扬，用木锨把粮食扬得很高，我会坐在那柴火垛旁听那粮食哗啦哗啦落下来的声音，外祖父看着这些粮食，眼神中总是能够流露出一种喜悦。没风的时候，外祖父就会蹲在那里摘花生，捡豆子，没有别的事情，他是可以一直蹲在那里的，而且并不觉得累，甚至在吃饭的时候也是蹲着的，我们一家人都是比不过他的。我不知道，外祖父是不是原来就那么瘦，还是这些年的劳作让他日渐消瘦，加上外祖父那高高的个子，他已经不能用瘦来形容了。后来外祖父年龄大了，便不再干活了，于是他就没有什么事情，整天在下棋和打牌的老人群里蹲很长时间，有时也动手打上几把牌。看牌的时候，嘴也不能闲着，总是装上一袋老旱烟，吧嗒吧嗒地抽着，吐出一片片云雾来，他的手指甲被烟熏得焦黄，像是涂了廉价的指甲油一样，虽说颜色不好看，但也不容易掉色。看够了之后，外祖父就会回家准备吃饭了，不管有菜没菜，每顿饭必须

来点白酒,总是能够看见外祖父那涨红的脸,透着一丝惬意。

待我稍微大一些,我就成了外祖父的采购员,去小卖部给外祖父买烟纸和高粱酒,一块钱十张大白纸,烟纸是裁好的,用小绳捆成一摞一摞。外祖父的那个酒桶差不多十几块钱就能打满,酒装在一个大酒缸里,屋子里满是酒味,在最阴暗的地方放着两个大缸,一缸是高粱酒,一缸是小米酒,不看缸上的字,单靠那酒味去闻,我定是分不出来的,但外祖父一直喜欢喝的就是那高粱酒,老板把酒漏子放在酒桶口上,拿一个木舀子装酒,装好的酒是不用称的,一舀子酒是几两老板心里是有数的。每次,外祖父都会多给我一些钱,剩下的就当我的"脚力钱",所以那时也期待着外祖父让我给他去买酒。那一大桶酒,我提回家,外祖父是不会让它待够一个月的,那烟也是,这似乎成了外祖父的两大爱好。

外祖父得了肾结石,整天见他疼得冒虚汗,去医院住了半个多月,拿了一大包药,后来那病痊愈了。而那两大爱好在外祖父病了之后就变得可有可无了,而我这个采购员也面临着失业,但在我得知外祖父的病情时,我也主动下了岗,他也自觉地戒烟戒酒。

外祖父好了之后,我们一家人都很高兴,当时还去外祖父家聚了个餐,外祖母炒了个拿手的地锅鸡。有些事情

第三章 走过才可知

是无法预料的，比如疾病和死亡，没有想到在三年之后，外祖父因肺病住院了。我当时还在读初中，只是听母亲在电话里说了那么一声，到了星期六的晚上，我又打了个电话，问了问外祖父的病情，母亲说有所好转了，还要再住几天院，我便放心了。放学回家，我特地买了学校周边比较好吃的"烤牌"，一放下书包就直奔外祖父家了。

外祖父原本住的房子，是以前养牛的房子，房子里埋着四根木棒，再用短些的木头横着固定住，就像搭架子一样，木床就放在架子上，牛就拴在底下，很像古代的干栏式房屋。外祖父那时已经很瘦弱了，家里人担心他上那高处的床费劲，便扯了很多的麦秸铺在堂屋地面上，周围用粗木头围着，再铺上麦秸垫子和席子，再加上几床褥子，那床就成了。一进门，就看到外祖父躺在床上，到了饭点也不想吃饭，家里人整天张罗着给他做饭，揣摩着他的喜好，但外祖父还是很少进食。我把那烤牌递给外祖父，没有想到，牙口不好的他竟吃了一个多烤牌，还说这烤牌挺香，我们都很高兴，于是我每次从学校回来，都会给外祖父买一些。

一次离开家去上学，即将进行期中考试，过了一个星期之后，学校下通知说要延期两天，我就在周末告诉了母亲，晚回家两天。没有想到，外祖父在我走后的两天就进了医院，接受治疗，我问母亲是否严重，母亲说还是那个毛病，

没太大的事情,不让我挂念,我也就没有再仔细询问。后来,还是正常放假了,期中考试也取消了,本来心情还是挺愉快的,可以正常回家。没想到最后一节数学课,我的心情遭到了极点,我当时做的一个题里面有一个坐标点错了,没想到从来没有批评过人的数学老师,因此事严厉地训斥了我一番,我心里极度委屈,眼泪就止不住地落,后来我才明白,那也是一种感应。

一下车,刚走到我家胡同口,就远远地看到外祖父家门口堆着一堆桌子凳子,我还在纳闷,那边似乎也没有人家有喜宴,怎么有那么多桌子凳子。转过身来,父亲从胡同走来,眼神严肃,我问了句"我妈在家吗?"父亲说:"在外祖父家,你外祖父走了,已经去火化了。"我那眼泪一下涌了出来,顿时闷得有些喘不上气来。等我到外祖父家,那火化车已经回来了,骨灰盒已放在车上,我跪下磕了三个头,便坐在那铺满麦秸的地上痛哭,哭得两眼通红,嘴唇毫无血色。旁人不停劝我,可我深知,那时的眼泪我是控制不了的。

晚上回家便和母亲吵了一架,我埋怨母亲没有把这事告诉我,以至于我连外祖父最后一面都没有看见,走时还是一个大活人,归来只见一盒灰,我真的是接受不了这样一个事实。

母亲说:"你要考试,不想告诉你,让你分心。"我说:"我这还是提前回来的,如果要是真的晚两天回来,是不是外祖父下葬也不告诉我。"母亲没有说话,而我也没再反问,我和母亲持续了一个月没有说话。也开始在心里不停地怨恨那个学校,现在想来这件事情还是有些遗憾和悔恨。

外祖父终究是走了,忙活了大半辈子,吃苦远大于享福。他随苦难而生,也结束了苦难,只愿真有天堂,毫无苦楚。我最不愿接受这样的离别,但却又不得不接受,人的一生不知道要经历多少次这种离别,直到自己也离开这个世界,每一次的悲伤都是透到骨子里。直到现在,每次逢年过节,或是到了祭日,我去给外祖父上坟,还有莫名的伤感。斯人已逝,生活还要继续,我们何尝不是在努力地活着,忍受着离合悲欢,生死永别。

孤单的影子

总有一些人会被遗忘,像影子一样不会被轻易捕捉,但遗忘背后,却有着不同意义的"无视",直到最后,走过一程,才想明白,谁是真正被遗忘的人。

不知是在何时起,他的沉默和专注让别人慢慢遗忘他,没有丝毫等待,当然他也渐渐遗忘一个个嘈杂的人群,甚至是"无视"。他不愿意去听,不喜欢去说,仿佛在一开始他就是这样,在人群里独来独往,独自成长。

于是,他成了人们眼中的影子,毫无差别,更是可有可无。如果不仔细去寻找,不留心观察的话,你是难以发现的,就像是一处角落,毫无视点,没处着落,仿佛隔着一堵透明的墙。他也忍得住寂寞,守得住内心;他在动中求静,静中修身。

被人"无视"不是悲哀,自己"无视"自己才是真正的悲哀,有人说他活在影子里,漫无天日,他笑别人活在阳光下,漆黑一片。即使活在阳光下,心中阴暗,或没有

第三章 走过才可知

一颗向上的心，不思进取，终究会永远沉寂在黑暗中。即便如同影子一般，也并无二致，因为影子是永远依偎着阳光的，并且在黑暗中沉睡，在光明中重生。

在忘却和沉默中，他奋斗，他拼搏，获取属于自己的知识，寻求自我的发展，终于，他功成名就，旁人擦亮眼睛，这才发现，原来还有一个能者在角落，被人遗忘。后来，他这个漂泊在外的人居有定所，让人看清影子里真正的他。

最后，他从角落走到了中心位置，不再是那个被遗忘的人，转而成了一个闪闪发光的人，被人认识熟悉，但他没有被这盛景折服，还是默默地成长和学习。有人问他："从遗忘到被认可，已经成功了，为什么还要选择沉默，甚至被人再去淡忘？""我本就活在影子里，原本也拥有光，没有光就没有影，影子精神就是默默付出和成长，这种力量清净内心，才能学习进步。只要有光就会有影子，从影子中可以更好地认清自我，不断寻求更好的自我。"

每个人都有影子，在不断地警醒着自我，但真正能够体会到影子本身的价值和内涵的，才能够不迷失自我，更不会迷失方向。人的旅程实则不是一个人的旅程，或许本我之身和本身之影放在一起才是一个完整的人，我之所以把人和影子区分开来看，正是因为影子独特的作用，时刻警醒着自我。自然，这种自我的监督和警醒是需要自我认

知的,把影子当作是自己的朋友,不断激励自己,寻求更好的生活。这世间和你能够完美契合,并且共存共进的也只有你自己的影子,很多时候,我们只能一个人去做,自己一个人面对,但我们可以在自己的影子里找到最温暖的力量,让失落和难过失去药效。

形单影只从来就不是一种凄凉,自我的影子中也藏有珍珠,自己所谓的孤独,只不过是把自己看简单了,在影子里把自己看得更加透彻,亦是一种境界。

走过才可知

小时候，不管是老师还是家人，都会经常问我们长大之后想干什么，每个人也各有各的憧憬，而我仿佛从小就对教师这个职业颇有好感。可能是因为我们家有好几个老师的原因，抑或是在我的学习生涯中遇见那几个对我至关重要的老师，在他们的言行中被慢慢感染和吸引。

从小到大，这种想法从来没有改变。我带着这种憧憬，在一个暑假中应聘成了一个辅导老师，自然是满心欢喜。我为此准备了很多，我代四年级升五年级学生的课，基本上那一个班级由我全部负责，语数英三科也是我一个人教，还有书法和写作，于是我在两三天之前就开始备课，让自己的心里有点底气，从而尽可能地缓解一下紧张的心情。

这个辅导班除了我，都是女老师，所以那个老板就把这个辅导班里最难带的班级交给了我，这个"最难带"是所有老师公认的。我在想，这个班应该没有这么难带，四五年级的小孩子应该掀不起多大的风浪。

开学第一天,就证实了我的想法是错的。在我了解完他们每个人各科成绩后,第一个课间,小鹏和小波这两个孩子就打了一架,当然这还不是最糟糕的,糟糕的是,当天这个班级陆陆续续地进行了五次"战斗",简直是颠覆了我的认知。都说清官难断家务事,孩子们之间的事情也是难以分清和辨别,我一件件处理,耐着性子听他们双方讲完过程,通过"证人"作证讲述过程,才解决了他们之间的纠纷,做出相应的处罚后也给他们上了一节思想课。而做完这些工作,已然到了放学的时间,可我的课竟一点都没上。

第一天上课,就让我身心疲惫,甚至我已经不想再去了,留存在心里良久的梦想瞬间感觉要土崩瓦解。以前看着自己的老师在讲台上讲课,那种气度和气质真的让人羡慕。但我终于明了,这三尺讲台不是谁想上就上的,特别是随机应变的能力,你不知道下一刻这些学生要干什么,这光鲜的背后,付出的汗水永远大于台前的洒脱,所以我也接受了这份挑战。

每天的嘈杂声不绝于耳,有哭有笑,能闹能静,经常打架的孩子还是克制不住自己的冲动,挑事的孩子还是管不住自己的嘴,经常一眼照顾不到就打起来,连续地折磨人,三天没过完,我的嗓子已然说不出话来了,就这样持续了一个星期。中午午休的时候，他们喜欢关上灯看手机，要么就是打扑克牌、看漫画……玩得不亦乐乎，但也往往隐藏着"战争"的危机，并且下午的课没有几个能够听讲的，全部都无精打采。

为了解决这样一个恶性循环，我规定在午休的时候不准玩手机，不准说话，更不能做与学习不相干的事情，只能午休，没有写完作业的、没有背完课文的可以去大厅完成，一旦打扰其他人午休的人就出去抄课文，要么就布置些作业。当天也真的逮住了几个调皮的孩子，让他们出去抄写课文，抄完之后再进去午休，此后的午休异常安静，于是便把这种方法转移到了课堂之上，慢慢地，课堂氛围也可控了，这让我也变得轻松许多。

学校有规定，老师当天布置背诵的东西背不下来是不能回家的，什么时候背完什么时候回家。我通常都是晨读的时候布置背诵任务，总有那么几个人，往往到下午放学的时候还背不下来。浩然是每天下午必在的一个孩子，性格开朗也比较活跃，可他对背书这样一件事感到极度痛苦，每次我都给他讲好几遍文章意思，然后教给他联想记忆的方法，我自己也和他一起背，并背给他听，他也仿佛有了动力，也一遍遍地努力。虽说我依然看不到他对背书产生兴趣，但每次看到他背诵下来之后的喜悦，足以见得他

并不痛苦了。

最能给我制造笑点的,当属小宇和小尧这两个小胖子了。小宇的语文成绩异常差,他是一个生字需要用相同音的汉字来标注的学生,自然不用说他的英语成绩了,但他标注的字和谐音字往往是风马牛不相及,一篇课文往往读不通顺,因为你不晓得哪一个字被他改变了身份。小尧在语文方面的记忆力是比较好的,但他经常会背错字,使得一个蕴含哲理的句子变得搞笑起来,比如他在背诵陶渊明的《杂诗》盛年不重来,一日难再晨。及时当勉励,岁月不待人。背诵这两句诗时,把"岁月不待人"背成了"岁月不是人",我忍不住狂笑。但过后想了想,这虽然是个笑话,他倒说的也有理,终究岁月不是一个人。

在即将结束我这长达一个月的教学生涯的时候,一天下班回家的时候,我的脚不小心受了伤,流了多少血我不清楚,但当时我真的害怕极了。包扎完毕后过了一天的休息日,周一便去上班了,学生们见我一瘸一拐,看着我那受伤的脚问我怎么回事,我说不小心碰的,基本上那一天也没敢走太多的路,但晚上回到家,那脚已然肿了,便拿了些云南白药胶囊,躺在床上,心里五味杂陈。到了第二天,我一到教室,浩然便凑到我的跟前来,从口袋里掏出两个鸡蛋,慢慢地放到我的手里,他说:"老师,给你补充补充营养。"我连忙拒绝，硬塞给他，没想到这孩子执拗得很，死活不要。我拿着那两个温热的鸡蛋，不觉心中亦变得温热起来，总有一些感动在细微之处生根萌芽，滋生温暖，孕育力量。

在这短短一个月的时间，师生之间的情感也日益增长，致使在即将结束的日子里，让我有些留恋和不舍。短暂的时光也能够让人深刻怀恋，在一个个不起眼的日子里，和那些依旧熟悉的人。当我走过这段路，我才渐渐认识到这段路的艰辛，自然也深深地感到来自心底的美好，都在我的心里慢慢沉淀。

这也让我想起了我做酒水员的时候，那时也是为了打发无聊的暑假，锻炼锻炼自己，于是便找了个酒店做了一个月的酒水员。经常会有客人要两三箱啤酒，匆忙下单也不喝的，无奈我只能抱去，但往往这些人连半箱都喝不了，等着结账时再一一退了，还需要原封不动地搬回，经历着来来回回、上楼下楼的路。诸如此类的事情，当时在酒店里的服务员阿姨早已司空见惯，这种小事情多得数不胜数，我便不再拿来写了。

真正让我记忆比较深刻的是一位老人，当时已经到了就餐的时间，所以门厅的服务员都回了房间，基本上前厅就剩我一个人做引领。一位老人进来了，六十岁左右的样子，

我问他在哪个房间,好把他领过去,只见他嘴唇微微一动,嘴里也没出声音。无奈,我只得微微弓下腰,侧着耳朵再次问了他一遍,从未听见过如此的轻声细语,不是正常人说话的音量,那时我想要是可以,真的想用遥控器给他调一下音量。就在我准备再问一次的时候,还没有说完整句话,他来了句:"你干什么活,不行你就滚。"这句话倒是震耳欲聋。"你要吃就吃,不吃就走。"我用同等音量回应,他看着我怒气爆发,悻悻地转身而去。

当时的经理、主管甚至是听到争吵声音的阿姨全都过来了,询问我发生了什么事,我一五一十地讲给他们听,他们让我不必在意,除了安慰,据我所知,那一天那个人未得到任何的服务,甚至包括端菜、开酒这种小事,你可以看作这是一种报复,但在我们看来,这却是一种掷地有声的回应。

我从未想到此类事情会发生在我的身上,王姨给我讲了好几件事情,其中一个是,一位客人点了一份西红柿炒牛腩,把菜吃掉一半了,又说牛腩太少,要退掉这个菜,最后也是给送了份小菜了事。"总会遇见这种人,你我都逃避不了,也不必放在心上,倘若别人愈发为难,也不必保留什么,你我都不欠他的。他买的是服务,我们卖的不是低贱。"王姨说。干了一个月的服务员,此后但凡我再去饭店、酒馆，对人家服务员无比亲切，甚至不忍将碗碟剩菜弄得很乱，我们原本都是匆匆过客，应该少些刁难和为难，一笑而过也没有什么不好。

人们常说"三百六十行，行行出状元"，殊不知三百六十行，行行不容易。人生在世，总能遇见些不可思议的事情，遇见些糟糕的人。也不必去羡慕别人，他们背后的艰辛和不易不是你能够轻易看见的，直到你真正走上他们的路，只有走过才会懂得，走过才可知。人生这一路的风景不管是好是坏，总会有一些大煞风景的人，你越在意，他越得意，若你不及时制止，他也会愈发张狂。而你必须拥有足够的能力，才能受得住来自四周的磨难和诋毁，然后积聚力量一战成名。

我 们

青春的时针转动着,大树的年轮在转动。流年的背景放映在人生这场电影上,不紧不慢,不深不浅。岁月镌刻了我们青春的模样,在人生的路上又到达了一个"结界",这边是青春,那边是童年。

童年、少年的时光转瞬即逝,随着"骨骼"不断发育,青春的脚步迈得更大。他走得更远,也走得更快。可能,就在这不经意间,走完属于自己的青春时光。不时地会有那么一个声音,在耳旁询问我:"你想干什么,你在干什么,你要干什么。"在深思与冷静下,细细品味,猛然懂得了青春的深意。

青春在诠释一个人的价值。浪费自己的青春时光,就虚度了自我的年华。青春让我们去做有意义的事,做有意义的人。只有更有意义,青春以及人生才更有价值。汗水、泪水汇聚成青春的河,在河上有一座桥,那是你青春的路。青春就像一串木质手串,倘若想变得更珍贵,除自身之外,

第三章 走过才可知

需要靠拼搏奋斗给它"包浆"。

我们,是成长的我们,找寻迷失的自我;我们,是行走的我们,挑战青春的极限;我们,是青春的我们,打破黑暗的笼罩……我们在自己不断拼搏努力下,终究会成为我们想要成为的我们。当有一天,我们看见现在努力的我们,在青春的一幕幕间,体现出青春的真谛,青春的价值。你转过头来,着眼望去,青春这段时光,会有你想要的闪光点。

或许,从童年到青年的时间有些漫长,因为你有无忧无虑的闲暇时光,等到青年以后,我们会感到时间仿佛流逝得更快了,因为在这个时候,我们有更多的责任,更大的压力,你不得不选择去面对成长。

我们从小就渴望着长大,长大后又不想老去,特别是看着父母慢慢变老,自己也顿生失落,在漫长人生路上,时间竟是这样的迅速,让人猝不及防也无能为力,我们只能在有限的时间里去尽可能地完成自我内心深处的梦想,哪怕不可能,也要试一试,毕竟人生在世寥寥数十年,对待自己莫留遗憾,实则是一种良好的人生态度。

及至老矣,岁月垂垂,回首过去的时光,可能会感慨万千,自己终会成为一个怎么样的人,想必自己心中已然有了结果,欢愉也好,失望也罢,来不及后悔,更不能后悔,因为这是我们自己创造的结局。

不管是痛苦、快乐、成功、失败,人生之路必然要走,当你寻求光明,必然途经黑夜,不可避免,那就勇敢面对,即便黑夜再漫长,也终究会结束,终究会黎明。

人的一生,就是不断适应的过程,适应自我的内心,适应社会的规则,适应自然的规律,总有或多或少的不适应,让人患得患失有所顾虑,羁绊自己的内心和思想,但当你越过这道槛,你终会明白,原来内心依旧洁白,这世界依然美好。

我们在自我的初识中慢慢熟识自己,也慢慢看清世事中的无常,用我们的喜好和留恋去填补人生中空泛的留白,我们终不年轻,我们已然老去,我们还是我们,原本的纯净少年,我们已不是原来的我们,经历风雨挫折已变得顽强坚韧,但也终究会离去,除了内心的美好和对世间的爱意。

/ 第四章 /
世间美好

静坐听雨

听雨是来自内心深处的交流,在短暂而又连绵的时间里细细品味。那种感受是不能自已的平静与安然,感染着每一个听雨的人,在不断向下的雨滴里,打开久别的思念和记忆。想来我对于雨的情感,是在一场场淅淅沥沥的对话中慢慢产生的。

家乡虽未有江南烟雨的蒙蒙和持久的梅雨季,但也不缺少雨的光顾,倒也让人庆幸。倘若一连数日都是晴天或是多云,迟迟不肯落雨,人们对雨的盼望是越来越急迫,期待着雨,也思念着雨。当雨来临的时候,带给人的是急迫和惊喜,收拾晾晒的衣服、谷物,遮蔽暴露在庭院里怕被雨淋湿的物品,带给人的是一种匆忙,收拾妥当之后,闲下心来,搬个板凳坐在门口,看着雨落,听着雨声,留下的又是一份淡然。

雨落四季,四时听雨,雨来的方式不一样,给人的感觉也是相异的,雨的声音更是大不相同的。有的雨飘飘

洒洒，连绵不断，有的雨猛地来临，让人猝不及防。但春雨的缠绵，夏雨的猛烈，秋雨的清凉，冬雨的萧寒倒也给这四季增添了不少诗意，烘托出不同的氛围。或许是因为四季性格的不同，下起来的雨竟也会有不同的声音，如果用乐器的声音来代表四季的雨落，我想是可以比拟的。春雨像是细微缠绵的古筝声，绵延千里；夏雨像是用二胡、琵琶演奏的《十面埋伏》，振聋发聩；秋雨像是笛子发出的声音，透着一丝清脆；冬雨则像编钟，稳重而又清寒。当雨滑过自己的皮肤，都像是一个音符在不断地跳动，每每走过，自己也成了一首曲子，踏着雨落的节奏在雨中奏响。

起初，开始下雨的时候，四下里是没有几滴的，迈着轻盈的步子慢慢地落到地上，又静悄悄地消失，如果不落到身上，是很难发现的。很多时候，雨是下大了才被人察觉，淅淅沥沥的，像是在不断地诉说，又像是在回答来自万物的追问，像是一场厮杀，急促而又紧张，往往这种雨，是来得突然，走得匆忙，给人一种意犹未尽的感觉。

雨里的一切都是缥缈的，美得不可描述，让人陶醉迷恋。雨落到地上叮当作响，瞬间形成一个个气泡，猛地绽放成花，带着一丝丝懵懂。或许大地正在酣睡之中慢慢地倾听。当然，下雨天也是睡觉的好时候，我想不光是我，很多人也会得个闲时，不被打扰，选择在雨天休憩，宁神静心。

天公作美，倒也时常会看见阳光雨，我们家乡更习惯说是太阳雨，乌云遮盖不住整片天空，没有烟雨般蒙眬，但阳光轻洒，细雨清新，像是梦境一般，分不清是雨，还是光。阳光和雨的相互映衬下，置一盏清茶，端坐在窗前，慢慢地看，静静地听，足够让人在匆忙的日子里留下半分清闲。

喜欢有些连绵的雨，走得不是那么匆忙，能够给人留下足够的时间去倾听雨、欣赏雨、感受雨。当雨的声音盖过其他的声音，是没有一点违和感的，细细地倾听，那种声音是没有杂质和距离的，你可以在雨的缓急里揪出身心的疲惫，真正体会到来自雨的爱意。

逆风不解意，夜卧听雨声。在夜里听雨，是别具一番风味的，雨带着滋润万物的细腻，轻轻洒洒，进入梦乡的自己不知什么时候听见的雨声，自己是睡是醒，是梦是真。但你会不由自主地倾听雨落的声音，伴着漆黑的夜色，打开凌乱的思绪，平心静气，徜徉在自然的音乐里，享受美好的雨夜。

雨后的空气格外清新，在雨中回想的苦涩、不堪……连同疲倦的身心都和雨一起走了，留下的是崭新和平淡无

奇的生活。雨后新抽的枝丫以及向上生长的一切,是雨留下的痕迹,雨会洗刷万物,也能洗涤人的心情,静坐听雨,并非没有意义,雨,是过客,是知音,带给人内心深处的慰藉。

第四章 世间美好

闲时看云

你要相信，天空是会给人带来惊喜的，在不知不觉中，这些惊喜和美好是需要静静地等待。每一个宁静悠远的事物后，都藏着令人感慨的世间美好，在忘我的陶醉里，静待花开是一种美好，闲时看云也是一种意境。

喜欢看云，在于云的飘逸和安然。天空中的云彩，随着风在空中游荡，像是喝醉酒的老汉，摸不清方向。硕大的一朵，洁白柔和，俨然一个个棉花糖，在你争我赶的走向前方，最后，不知道被哪个贪吃的孩子果腹其中，不见踪迹。如果你想探个究竟，抽出空闲时间，跟着它去，那大抵是划不来的，因为你一不注意就会跟丢，形态会慢慢变化，也会汇入云海，它是变化莫测的，所以，看云还是静静地待在一处便好。自己不动，看着它慢慢变化着，更替着，轮回着，你注视着它，它也在看着你。

小时候是会密切关注天空的，不只是天空中鸣叫的飞鸟，飞机划过的痕迹，对于云，我们每个小伙伴都会根据

它们的形态去大加想象,突发奇想得到认可后,疯了般跑去,给小伙伴们传递这个消息,生怕错过这片美好。当然,想象之后的某些日子里,云彩也一度成为小时候作文里不可不去描述的景物。

云里是有四季的。那飘飘洒洒,悠悠荡荡的一朵云,透过它的内心,仔细地倾听,是有四季更替的声音的,仔细地去分辨,你会发现其中包含着世间一切的声响,荡漾在云彩的摇篮里,正在做一个睡不醒的梦,而我们正是它的梦中人。

云里是有故乡的。众多的云彩,你不知道它们是从哪里走来,又会飘过哪里,不知道它的运动轨迹,也找寻不到它的痕迹,它总是来得突然,走得匆忙,在点滴停留的时间里,你静下心来,注视着它,云彩会慢慢打开自己的记忆,让你去寻找,直到找到走过你故乡的云和去往家乡的云,在一来一往的变化里和故乡寄信,互问安好。

云里是藏有精灵的。似乎每一片云朵都具有独特的魅力,在平凡的岁月里,和天空交相辉映,营造不同的风景,给看云的人一种宁静淡泊的情怀,它懂的你的心情,也熟知你的心事,以至于它的变化让你打开心扉,静待美好。

见过洁净如洗的白云,见过身穿紫红色衣服的云,有落日余晖下染黄的脸庞,更见过乌云密布的厚重凝视……

有些形态圆润、有些横生脉络、有些参差不齐，云聚云散变化无穷，动静之间也妙趣横生，正是因为云，才给这天地带来生气，随心所欲，自由挥洒。

不知道看见过多少次落日，也不知看见过多少次落日下的云朵，但对于那种形态的理解甚至对它开始"刻意"欣赏，是来自一篇《火烧云》的课文，第一次见这个题目的时候，真是不能理解，"火"怎么会烧云呢？在弄清楚这个景象之前，也不知看见过多少次火烧云，只是以前不知道，更没有太多留意，学过这篇文章之后，曾一度引起我们每个学生对火烧云的盼望，只是看云并不是如你所愿的，有时候晴空万里没有一点云彩，并非易事。

可以说，看云也是一种机缘巧合，你我强求不来。不是你我空闲的时候看看云，而是在你空闲的时候，云也恰巧空闲，你有闲情逸致，它也悠然自得，闲时看云，是两相情愿，是不谋而合，带着许多睿智，破解你的心事，像知己一般，为你停留瞬间。

蓝天白云是再好不过的宁静氛围，在匆匆忙忙的人生里截留一段悠然自得的时光，看云，看的是云的心情，释怀的是自己的心事，擦肩而过的瞬间，连续不断地走过，是无拘无束的潇洒自然，闲时看云，最好不过。

小院寒梅

寒严飘逸自然,幽香迷人,自我高傲孕育着不羁的性格,轮回里不断点缀着冬日的景色。

一

老家是一个浓缩了的四合院,虽不太精致,倒也不简陋。房屋所用的石料都是从附近的山上开采或者捡拾积攒来的石头,再慢慢打磨成趋向正方体或长方体的大石块,隆起的石块表面自然是朝着外面的,用混凝土填充石块之间的缝隙,累积成支撑房顶的力量。木制的房梁搭着用高粱秆捆绑成的把子,在把子外面均匀地铺上一层用麦秸与黄土和好的泥巴,覆盖上青瓦,屋内再用水泥铺好地面,石灰刷白墙壁,自然而简朴的风格,大致就是老屋最初的模样。在经历了无数岁月和风雨的洗礼后,老屋似乎也没有什么太大的变化,只是我长大了,父母变老了。

记忆中,村子里每户人家似乎都会种棵樱桃树,之后

第四章 世间美好

却渐渐地消失在了时间里,而现在并不多见了。在我刚刚记事的时候,家里的那棵樱桃树就有碗口一般粗壮,春天开花,花落后就会看见一串串绿色的樱桃小果,枝条之上密密麻麻的,真是"座无虚席"。但这樱桃结得过密也是不招人待见的,因为结得太多,樱桃就会又酸又小,让人没有一丝食欲。每每看到那樱花开得太密,樱桃结得太多,人们就会抄起竹竿,打落其中的些许花果,让留下的果子充分成长,也会用鞭子抽打树的躯干,让养分运输到每个樱桃里。

待到入夏之后,樱桃就开始慢慢成熟了,刚有一点点成熟的印记,孩子们就会迫不及待地摘下,以至于到了樱桃大面积成熟的时候,樱桃树最底下的樱桃就毫无踪迹了,只得搬个凳子,站在凳子上,用铁钩钩住枝干再去摘樱桃,有时候索性直接爬到树上,看着满树的樱桃吃个尽兴。

又是一年春天,樱桃树上的花骨朵儿已经伫立在枝头之上,可迟迟不见樱桃树开花,缩着身躯,没有一点精神。更不见蝴蝶、蜜蜂的身影,想必它们是耐不住寂寞,也恐怕错过春暖花开的季节,纷纷去了别处。别人家的花开了又败,却迟迟不见它开花,倒也是沉得住气。父亲折了几支樱桃树枝,已经干枯得没有一点点水分,父亲只得砍了它,再挖出它庞大的根系,放置在小院角落,当作柴火。樱桃树倒下后,小院便空旷了许多,自然,这一年也是没有樱桃吃的。

  本想着到年底的时候,父亲会再找来一棵樱桃树,栽在原处,等着它再开花结果,甚至在夏季遮挡太阳,供人乘凉,望着那个树坑,我还在想象着,回忆着。直到父亲带回来一棵我从来没有见过的蜡梅树,补好了樱桃树的"空缺",让我不得不细细地打量蜡梅树,蜡梅树是父亲在外给人家拆房子,屋主家蜡梅树根上长出来的,仅拇指粗细,但却有两米多高,虽是寒冬,枝干上寥寥几朵黄花倒开得格外清奇,还有一股淡淡的清香,说它是蜡梅倒也名副其实。

  还未来得及欣赏,这梅花就落了,空空的枝干难免让人麻木,没过几天这枝条上便长出了很多绿芽,倒也让人感到新鲜,也让我开始对它有着一种美好的期待,从心里慢慢沉淀。

二

  似乎每天都在关注着它,从嫩绿的芽到深绿的叶,枝干不断地延伸,渐渐变得粗壮。它是在饱受风雨的磨难里慢慢成长的,正如它那叶子一般,从嫩绿的小芽到浅绿色的小叶,再逐渐变成墨绿色的叶子,开花后到叶落前的常态,有着冬青一般的姿色,那叶子颜色不断变得深沉,时间的味道也就更加浓郁。

摘下一片蜡梅叶,放在掌心,用手指仔细地去摩挲,有一种凹凸不平的质感,粗犷而又朴实,细细地体味,你是能够感受到它的沧桑和辛酸的。而叶片上清晰可见的叶脉,像是被时间镌刻下的划痕,深浅不一,丝丝让人心动。之后,偶然的一次经历,目睹一只羊因吃了蜡梅叶子而死的过程,我才得知这叶子是有毒的,可能是它浸透了太多时间的雨血和磨难,变得无可奈何。

当然,我们可以任它生长,静静欣赏,也可以让它叶落归根,腐化成肥,但万万不可误食。人不会去食用蜡梅叶,但不仅仅是蜡梅叶这样一个事物,或许在生活中,在我们的印象里,自以为是地认为这种东西或那种东西不仅仅能够吃,而且还很好吃,用自我给它们下定义,然后轻易地食用,这种行为是需要警醒的。正所谓,祸从口出,病从口入,为了独特的"味蕾",遭受痛苦甚至搭上性命,自然是不值的。

一入冬天,这蜡梅叶子就开始凋落,但它却不像其他叶子一般慢慢发黄,然后掉落,主要它叶子的前端有些发黄,微风一吹就会飘落,有一种"瓜熟蒂落"的意思,可能是这叶子也想要让梅花早点"登台",往往落下之时还是绿色,

虽说也有一些叶子会褪去绿色，着上黄衣，再入大地的怀抱，不会给人一种秋叶飘零的凄凉感觉，反而让人更加期待这蜡梅盛开。

在梅叶落尽没多久，那枝丫上就开始冒出了花骨朵儿。最初，蜡梅花骨朵儿和樱桃树、桃树那些树的花骨朵儿没有什么不同，只有一身棕褐色的外衣，看不出里面包裹着什么，你能做的只有等待，因为它也在慢慢等待花开的时候。渐渐地，那花骨朵儿慢慢变大，变大，透露出金黄的姿色，晶莹剔透像是珍宝，更像一个个挂在枝头的灯笼，光彩照人。

往往这个时候，正是北方在下雪的时候，但却耽误不了蜡梅的花开，在雪光雪景的衬托下，尽展蜡梅花的淡然高雅，更让人有一种超凡脱俗的感觉。有些时候，我在想，那雪仿佛成了蜡梅花开时的"叶子"，在平凡的日子遥相呼应，在特别的季节里相辅相成。当蜡梅花慢慢吐露出淡黄色的花蕊，花朵的层次感就完美地展现出来了，像极了一朵朵缩小版的荷花，从容而又淡雅，伴着一股浓郁的花香，沁人心脾。都说十里桂花香，蜡梅花开的时候，和桂花也好有一比，它的香味是更加芳香宜人的。

从寒冬到早春，梅花似乎一直开着，院子里弥漫着蜡梅花的清香，引来亲朋好友和邻居们驻足观赏，为过年时的热闹气氛增添一份热闹，花香更是给小院徒增很多温馨。

花还未开完，父亲就开始对蜡梅树上错杂的枝条进行了修剪，剪下不少枝条，还带着不少花朵，我是自然不会舍弃这些花枝的，随手把它们插到花瓶里，续上清水，放在房间里，没多长时间，房间里也弥漫着梅花清香。

从花落到花开，就是一段故事，在岁月里慢慢讲述，蜡梅花走过了四季的路程，在轮回里慢慢成长，也仔细感受，而我们在静下心来观赏景物的时候，又何尝不是在仔细地看待这个世界，留下自己的那份平静和美好。

三

梅花又入轮回，没有抵过岁月无痕地奔走，终究还是落了，一如去年一般，树枝上渐渐开始萌生出嫩绿的芽头，除此之外，我发现褪掉的梅花处，都结了一个个大小不一的青果，椭圆的外形，我心想这应该是蜡梅的种子。于是在盼望花开的日子里，又开始期待着种子的成熟。

蜡梅的种子长得非常迅速，到了盛夏时节，那种子就已然成熟了，我迫不及待地将它们一一摘下，放置在窗台上晾晒了几日，便准备拿去种了。我剥掉那蜡梅种子的外衣，里面不止一颗种子，一连剥了好几个，最多的一个果子里包含着六粒种子，那种子和豇豆的种子一般大小，衣着黑紫色，倒也让人喜欢。

于是，我便连忙挖好土，把种子种上，虽然收了一窗台的种子，但没有足够的地方种下它们，只好收存起来，留到以后再去种植或者送给他人。

种子也是有开花的梦想的，在漆黑的土壤里，慢慢醒来，逐渐萌芽，进而钻出土壤开始拥抱太阳，当我发现种子发芽的时候，心情是非常愉悦的，它们不断生长，不断长出新的枝叶，长势非常喜人。

到了第二年的春天，闲来无事，心想着把之前留下的蜡梅种子再种上些，慢慢培育。从种下种子之后，我似乎就在等待它们生根发芽，时光走过春夏，又步入秋季，蜡梅树上又新结了许多种子，而那些种子却迟迟没有发芽，可能这蜡梅种子也有新旧之分，或许每一颗种子都有向上的梦想，却被无边的黑夜掩埋了，在黑暗里的漫长沉睡让这些种子已然适应了这种舒适，黄粱一梦不再有阳光和希望。

自那以后，虽说每一年都会结很多蜡梅种子，但我不会再留下种子，让它们在漆黑中堕落，只是习惯每年种上几粒种子，剩下的种子就全部沤成肥料，让它们也做些贡献。

四

一开始，我也曾尝试着去扦插蜡梅，结果都失败了，后来得知，人家那蜡梅盆景大都是用狗牙梅来嫁接蜡梅的，不知哪里有卖狗牙梅,也不会嫁接,索性就放弃了。第一次种下的种子,是四年后才开始开花的,星星点点的几朵,不在树心,全在枝头上。我们盼望着花开,父亲期待着花落,父亲想着在这盆蜡梅花落之后,好好给它修剪一下枝干,让它明年开的花能够挂在树心。

我们不管父亲,只顾着去欣赏那梅花,那花依旧美丽动人,也清香宜人,更不用再去折小院里那棵蜡梅树上的枝干了,只要把这盆蜡梅搬进房间,自有持久的清香味道,更增添了一丝生命的气息。

这盆蜡梅虽已生长了四年之久,但在花盆中依旧显得很瘦小,比不上在空地上生长的高大,在枝干钻出土壤的地方是一个很大的圆疙瘩,随着枝干不断生长,那疙瘩也在不断变大,别有一番趣味,可能在园艺师眼中也是一种不错的造型。

来我家看蜡梅花的人,还是络绎不绝的,慢慢地欣赏着、谈论着蜡梅花。他们得知我种下的蜡梅也开花了,便问我讨要些种子,我告诉他们在秋季的时候种子就成熟了,到时候可以来采摘。到了秋天,果然有不少人来摘蜡梅种子,每人剥开一两颗后就十几粒种子,都说种不了那么多,这些够多了。他们拿回家去,悉数种上,不断成长。

后来也有不少人来要种子,我也都一一应允了。后来

有个人问我要大量蜡梅种子，我说这么多你种不下，一两个种子就够了。他对我说："现在这个蜡梅外面卖得很贵，我多种点，到时候出去卖。"我冷冷一笑，对他说："你要是喜欢这蜡梅，你可以摘几颗种子栽种，你要是要用它来卖钱，对不起，没有那么多。"他看着我，嘴里说着什么，随意拽下几颗种子，悻悻地走了。

前些年，人们追捧桂花，桂花的价格也随即上升，种桂花的人也越来越多，市场逐渐饱和，桂花变得不那么贵重，又开始摆弄梅花，可之后的日子里，梅花也会成为桂花，人们会再次追寻探索。桂花也好，梅花也罢，喜欢他们的还是那些人，追捧人的眼中没有永远的它们，只有永远的利益。谋生也好，生活也罢，我认为蜡梅的那份清傲是不应该拿来贩卖的。

花开真性情，佛渡有缘人。真正的花开不欺日月，真正的喜欢不带虚伪，庭院几座，梅花几许，追求自我，寻真故人。小院里的梅花如时绽放，观赏的人儿如约而至，我在院中欣赏观望，而你是否随清香寻来。

吊 兰

兰称君子,又喻美人,自始至终都在被人赞美,而"气质如兰"也常被用来赞美人,从中可以看出兰花独特而又淡雅的品质,想来这也是很多人喜欢兰花,更喜欢养兰花的重要因素。

兰花还是比较珍贵的,时常在一些媒体上看见一些养兰花的人转卖,品质很好的动辄上千,品种稀奇的更是价值连城,但往往买者如潮,求大于供。但价格是形不成阻碍观赏的"结界",兰花中一些普通的品种遍及千家万户,似乎让人人皆知、更为亲切的兰花是最为普通的,兰花的气质是定格在每个根叶之中的,不分上下,没有什么不同凡响的气韵,只有人赋予它们的珍稀类别,但从兰花的气质文化来讲,这类别对兰花是无关紧要的。

印象中的兰花,在画家笔下清幽淡雅的气质形态,画家用水墨将兰花的叶子描绘得舒展而又生动,风姿绰约,灵动而有清韵,形同折鹤,颇具立体感;兰花在画中也高

洁淡雅,神韵兼备,毫无违和感。

初次看见兰花的"真身"还是去一个好友家做客,刚进他家客厅,电视柜子上的那两盆吊兰就映入我的眼帘,朋友忙着找茶杯、茶叶,倒水沏茶,我不由自主地走到兰花旁,细细打量着,慢慢欣赏:嫩绿色的叶子上附着金色的线条,兰叶横竖相交,茂密却也有层次,叶子上细细的纹理,清晰明了;恰逢花开,那花洁白如雪,白白的花蕊上带着鹅黄色的蕊头,凑上前去可以闻到一股淡淡的清香,在无声处传递着一种亲切情感。可以看到,从兰花叶底处生出很多茎叶,茎上面一团团细叶,像一个个千纸鹤一样腾空而起,追寻着雨露和阳光,朋友用形态多样的杯子盛满水,把那小兰花浸入水中,等待着它们生根繁衍。

好友见我对这金边吊兰很感兴趣,便从那吊兰上剪下两个,送给了我。我看着这细小的生命,茎叶之下全是乳白色的细根,像一缕胡子一般。闲聊没一会儿,我就有些按捺不住了,生怕这兰花脱离水和土壤就会干枯而死,于是便赶紧回家,寻来两个土瓷盆把那两个吊兰栽种上,浇上些许水,便开始期待着它生机勃勃的景象。

这兰花终究没有辜负我的一番期望,慢慢生出新的兰叶,延伸出细长的叶片,像草莓新生的藤蔓,开始了新一轮的繁衍生长。不久后,它便冒出青绿色的花苞,藏在最

第四章　世间美好

细小的兰叶处，如果不近距离观察，是辨别不出兰叶和花苞的。自然，当那花苞逐渐饱和，显露出白色的纱衣，花和叶的轮廓也就清晰明了了，清新淡雅，灵韵柔和。

没过多长时间，那两盆吊兰也生长出新的植株，一个个串在一根茎条上，我也学着好友那样，找来几个杯子，注满清水，把新生的吊兰植株的底部浸到水里，等着它慢慢生根，喜欢养兰花的我，成了送兰花的人。

不为无人而不芳，不因有人而妖艳，淑慧而淡雅，清逸而幽静，是修养，更是心性。兰之于人，能见本心。岁月迢迢，风雨有时，那吊兰依旧傲然绽放在每一个平凡的日子里。

清风话竹

竹子是诗人眼中至高的情趣和境界的物化,也在画家笔下与墨色相容,尽显淡泊柔美的神韵。古往今来,人们对竹子的喜爱是无可厚非的。它总是笔直地向上生长,一节一节地分开,枝干空虚没有杂物,以劲节、虚空的个性,给人一种超尘脱俗的感觉。一尘不染而又谦逊不屈,高风亮节又朴实无华,将君子之风展现得淋漓尽致。

竹子是很常见的,正如它朴实平和的性格。无论是房前屋后还是在园林景观里,你都能够看见它的身影。竹子种类繁多,但在乡下,除了南方的竹林或是专门种植用来收益的竹子,我想最多的、最常见的还是毛竹。虽说在平日里会经常看见毛竹,但并不让人觉得心烦,因为竹子不是简单的"复制",每一处、每一根都有独特的景象,在风雨霜露的衬托下表现出自然天成的美。每每望去,从枝干到绿叶,光滑细腻的质感,纹理清晰的刻画,像人的掌心在慢慢伸展,而竹子本身的那抹绿色,优雅清净,沁人心脾，让人自感惬意，让人明白古人"宁可食无肉，不可居无竹"的高雅情趣和人生态度。

我曾经也种过一次竹子，那时恰巧有人清理自家门前的小竹林，因为那片竹子长得实在繁盛，密不透风，只得清理些竹子。因此，我便讨来两节小竹子，根叶茂盛，一并带回家中，种在了南墙外。竹子很快恢复了生机，渐渐开始冒出新的枝叶，而我也会一天去看好几次，慢慢地，竟对竹子的生长有了一种期盼。可这种期盼很快就被消去了，不知怎的，那竹叶开始变黄，而后慢慢枯萎，仿佛被错觉给淹没了一般，第一次种竹子就以失败而告终。没有种成竹林，去欣赏他人种植的竹子，其实也未尝不可，更不会丢失趣味。

在夜里，竹子是独具风姿的，当微风拂过，透着丝丝清凉，不时传来竹叶擦肩而过的音色，竹子就像是翩翩起舞的舞者，身姿曼妙。绿色的竹叶泛着月光，映射在地面上，光影结合后就变成了一幅生动灵活的墨竹图，好像是在写意月色，描绘人生。

竹子是有大用处的，在人的手中不断地蜕变。于是，它成了南方乡村里的竹木房、音乐家手中的笛子、清扫街道庭院的竹扫帚、农民头上的竹斗笠，人们口中清新淡雅的竹叶茶……从竹简到造纸，从竹席到牙签，自始至终，

竹子就没有脱离人的视野,人也离不开竹子,像是知己,更像伙伴,在生活中相互欣赏,也彼此成全。

竹笋慢慢生长为竹子,再去萌生新的竹笋,竹笋就是竹子最初的模样。雨后的竹笋,疯狂地生长,不再深埋躲藏,自由地在时光的路上游走,沐浴着阳光。

也有人不喜欢这竹笋,看见过很多次有人把竹笋清理,不让它生长,有的人索性将竹子连根拔起,不再任其生长繁衍。为什么要如此行事?因为竹笋在庭院里冒出,有些人由"笋"联想到"损",谓之"笋"到家了,称之为不好的"预兆",但在古时,竹笋何尝不是被视为节节高升之类的美好寓意?很多时候我们用谐音去图个吉利,也因谐音而去忌讳一件事物,也未免太过狭隘,如果所忌讳的是真,那么所向往和追求的"吉利"就成一场空,无因无果亦无可奈何。

不仅仅是竹笋,很多事物被强加"罪名",想来这种过错是无中生有的。这样的事情我也遇到过,正如我在高中毕业的时候,按照学校每年的传统,都会让毕业生合种一棵树,留作纪念。关于种什么树,老师们讨论了很久,建议种什么树的都有。但种植槐树的这个建议,很多老师认为是不可行的,说槐树不吉利,"木下有鬼"就是槐树。但校长还是力排众议,让我们种槐树,对于种槐树,校长说的一句话我至今还记忆犹新:"你们觉得槐树是'木下有鬼',但我不这样解释,我认为槐树更应该是家国情'槐',心念家庭,心系国家,这就是我对这届学生的期盼。"

或许,很多事物都具有两面性,更有不同的解释,但是随着时代的进步,它们应该被赋予更可贵的灵魂和力量。当然,作为"认证者"的人来讲,格局和境界必定影响自己的判断和对外物的判定。不管是竹还是笋,二者本就一体,需要你的一视同仁。清风话竹,细雨成笋,不管阳光雨露还是风霜冰寒,仍旧破土而出,笔直地向上,依然高雅,依旧如故。

寒霜秋菊

愈合

说起来我这么喜欢花,和小时候街坊邻居们家里的小花园是分不开的,而真正开始喜欢去养花,大抵是从初次看见菊花盛开的时候,菊花盛开那种美,是能够让人的感官格外清晰,倍感满足的。

第一次见菊花时便拥有了一盆菊花,那菊花是母亲在亲戚家移植而来的,栽种在家里那个细长的红陶土盆里。我仔细端详着菊花,它除了茎条之外,几乎是通体碧绿,那叶子像翡翠一般,养眼怡情而又沁人心脾,整株花的最高处已然生长出几个花骨朵儿,圆圆的脑袋下面被花托坚实的臂膀扛着,花托露出的小角像是给花骨朵儿打了个领结,给人一股正气凛然的感觉,自然而然地体会到秋风的清凉。

秋风横扫落叶,徒留无情滋味,掠过寒霜枯草,那菊花更显一丝柔美。纤细的枝条上绽开数朵菊花,母亲怕那花朵太重，于是就在花盆里插了根树枝，让菊花依靠在枝条上，好经受住风雨的洗礼。那紫红色的花朵，宛如佳人嫣然一笑，单是那紫色就让人感到高贵优雅，但却不带一丝冷艳，有着朴实无华的品质。

待到快入冬时，母亲就把菊花端进屋里，一来是为了它不被风雪侵扰，延长花期，以便供人欣赏，二来是因为屋里暖和，它也能早早发芽，去拥抱春天，再次进入人的眼帘。想来，这菊花自花开之日起，差不多是陪伴了我们秋冬两季。尽管在深冬之时，菊花干枯，但却不怎么凋落，似乎被时间凝固，慢慢风干的身躯，依旧伫立在那里，像是特意制成的干花，不见沧桑，别有一番韵味。可能是屋子里比较温暖，你若细细看来，那菊花下面已经生长出嫩嫩的细叶，仅那一处就有无限生机。

枯枝败叶下的绿芽逐渐生长，几经延续，超过原来的枯枝，在高处眺望。也许，在时间的推动下，它还会不断地向上生长，直至开花。但人们不会让它们过于肆意地生长，修剪它们靠近土壤的枝干，细分成几段插入盆中，为了让它们更易于存活，母亲会把它们放置在前院的屋后，减少阳光的照射。当然，在进行菊花扦插的时候，通常会选择在夏天多雨的季节。

没过多久，经过雨水浇洒，加之扦插的菊花处在阴凉中，

在土中被折断的枝干，开始慢慢愈合，结出一个个小米粒似的"疤"，慢慢延伸出一条条细根，而露在外面的地方生出嫩叶，并向四面八方展开。自然，我和母亲是不会丢弃扦插剩下的老根，对这几盘老根而言，它们不需要花盆，更无须特意地放置，只需要在院中寻几处空地，刨坑挖土，将那一盘盘老根掩埋，便会慢慢地寻找光芒，变得更加茂盛，待到开出花来，就让不起眼的地方生出光辉。除此之外，菊花生出的花骨朵儿也难逃来自人的"选择"，往往那菊花是几朵共处一枝，在花骨朵儿很小的时候，就需要打去些花骨朵儿，折断处的伤口慢慢愈合，省下养分去供给留存的花朵，等着绽放，等着欣赏，去温存秋意，也温存你我。

对美丽的菊花来说，这一切的遭遇一定不是偶然，皆有缘由定数，如若菊花不去扦插，任由其疯狂生长，不忍折枝扦插，放在院子里，是很难抵挡风雨的，极易倾斜折断，最后也会功亏一篑。若你不忍折那花枝上的些许花骨朵儿，进而给它们一个开花的机会，固然也是不错的，但毕竟空间狭小，养分有限，最后开出的花瘦小暂且不说，花枝上胡乱开着的花朵，紧紧依偎挤压，带着一丝紧迫感，压抑彷徨，甚无趣味可言。

菊花的一枝一根，皆在细微处轮回，繁衍生息，在别人看来，我们是不忍舍弃，不去浪费，流露出自我的爱花情节。但若抛开一切，仔细体味，这菊花的处处愈合，无不是一种生命的倔强，以轻微开始，以伟大结局。

自如

从我记事起，姥姥家里就有那个气味独特的枕头，用采摘的野菊花填满，那种味道和艾叶的味道相似，但气味比艾叶的气味浓重些，放置得再久，那野菊花的味道也不会丢失太多，总是依旧清晰，依然熟悉。

人们会在野菊花盛开的时候，翻山越岭地收割，晒干之后用来填充枕头，助人静下心神，进入梦乡，当然很大一部分被晾晒成了药材。野菊花大抵是在仲秋时开得最盛，漫山遍野的花朵，倒也让人好寻。和家养的菊花不同，这野菊仅有黄色一种，没有绚丽的色彩，但众多的花朵随风飘荡的样子，像极了闪烁着的星海，宁静中更显悠扬。

野菊花的枝干不会长得太高，纵然长高也无碍于本身，因为花小且轻盈，根须繁密在深处，所以断不会因头重脚轻被风雨折断，无须顾虑太多，只是遵从内心的期许，不断生长，不断向上，经历多少风雨后便不再畏惧风雨，就是那样自然而然地生长，没有太多的倔强，只有不甘平庸的顽强和坚韧，自由地如愿以偿。

它们没有太多的挑剔，更没有一丝一毫的奢求，根向何处延展,枝头便向何处眺望,不问土地贫瘠,阳光雨露,似乎在哪里都能生存,哪里都能开花。人不知名,我不求名,野菊身处自然,毫无挂碍。倘若不是花开,恐怕也难有人问津,踏足寻觅;这野菊花开得繁盛,伞状的花序分枝上都是花朵,自由且自如。

诚然,不管是家里供人欣赏的菊花也好,野外生长的山菊也罢,都各有千秋,亦各有所爱,你有你的美好倔强,我有我的干净自然。天生万物,本有差别,我们不必过分在意优劣之处,因为你我皆具风华。

第四章 世间美好

山野之间

在闲暇时刻，百无聊赖之际，出去走走看看，是一个不错的选择。这样一种短暂的观光旅行，不需要做什么准备。在这山野之间，你只需用眼去看，用耳朵去听，如果有必要，可以用手机留下几张照片，留作纪念便好。在一个空闲的日子里，我告别了电视里播放的剧集和外面挖掘机隆隆的声音，带着轻松的身心，开启了一次全新的山野之行。

秋日的清晨还是带着些凉意的，我穿着外套还能感到阵阵凉意，让我不禁加快了脚步，没一会儿我就走到了山脚之下。那满山的松树庄严肃穆，晨雾弥漫在山头之上，像仙境一般。山间小路上，雨水淋出的石块裸露在表面，像是用石子铺的小路，走在上面非常平坦。小路左右两旁是人们挖的田地排水渠，中间有一大排野草，像是人故意拉垄种的，把这小路隔成了两条，就像是双行道一样，一来一去，轻松舒适刚刚好。但如果遇见大一些的车辆，恐怕是要"霸道"行走了。

　　路边的荆棵（学名牡荆）还开着紫花，有些枝干上的种子已经成熟，不时有些麻雀过来啄食荆棵种子，还有一些老人拿着编织袋在撸这荆棵的种子，我问他们采这种子有什么用处，他们说这是药材，可以拿去卖钱，除了这种子还有不少草药，看来这山间也是有不少宝贝的。我以前见过有人用这种子填枕头，说是可以安神助眠，荆棵的气味有几分像那野山菊，虽未亲身试过，想必它对睡眠应该也是有些疗效的。

　　继续前行，我被一片酸枣树给挽留住了，几棵小枣树上还挂得满满当当，都已红透了，摘了一把，放在口袋中，又摘了一些，用手指轻轻搓去上面的微尘，放在嘴里咂摸（品味）着这枣的滋味，想起了小时候提着竹篮上山摘酸枣，大山总是能够给人留下些欢乐的。

　　山间的风是很清新的，带着众多花草的味道，是可以缓解疲倦的。虽已入秋，但到了中午，太阳还是很强烈的，幸而山路两旁都是松树，它们提供的阴凉就像是一条绿色通道。爬到山顶，双腿有些飘，我便停下来，在山上找一块石头，坐在石头上，感受着山风，向山下俯视，眼底尽是风景。周围不时有些小虫，此起彼伏地叫着，虽然没有固定的节奏，但是可以听出其中的欢快。都说上山容易下山难，确实是这样，下山时需要好好看着脚下，一个不注

第四章 世间美好

意就有可能踩空。蹑手蹑脚地下山之后,汗水已经湿透了我的衣服,当然也可能是穿得太厚了,不禁觉得有些口渴,于是便毅然向山下走去。

当然,向山下走不一定就是回家,虽说我有些口渴,但山边是不缺水的。在山脚下就有一处山泉,位于村子的东北方向,于是便起名为东北泉眼。在我的记忆里,它是从来没有干涸过的。平常在夏季,雨水充足的时候,村里的人都会带着那大大的塑料桶来这里灌些水带回家饮用,并且这里也是村里人夏天避暑的好地方。即便是到了冬天的枯水季节,也会有几小股泉水在缝隙里流淌,山泉上方是一块田地,山泉就像是被凿出来的一样,上方一块大石板,像屋檐一般。泉水下方成了一个小潭,当中放置着几块大石头,我迈上石头,走到靠近山泉的石头上,蹲在石头上,捧起一捧水喝下去,那水有些凉,但也伴着几丝甘甜,忍不住让人多喝几口。

歇完了脚,喝完了山泉水,正准备回家的时候,被路旁一朵花吸引住了,走近一看原来是一株黑心金光菊,淡黄色的花瓣带着些枣红色,在绿色的草丛里夺人眼目,还记得我第一次看见黑心金光菊,以为是小向日葵,打开百度识物才知道那是黑心金光菊,当时在精美图片的地方还附有两句小诗,读来还有些意思"黑心寡欲不知贫,万贯

家财只为金。日月无光天地暗,菊梅傲雪笑迎春。"即便这样,我还是觉得那向日葵和这黑心金光菊都像是阳光的信使。

一点一滴,一草一木,在这爽朗的秋天,总会留下些美好的回忆,人是需要多出去走走的,不能把自己拘束在房子里,或是虚拟的网络世界里。我们来自自然,生活在自然之中,终会归于自然,对那山水草木的邂逅,是山野之间最美丽的情话,平淡而又自然。

第四章 世间美好

风的季节

风自然是自由自在的，从远处来，到远处去，无形无影也无拘无束，可走在风中的人不全是那样洒脱的，心事重重的人总是自己羁绊着自己的行程，顺风而行轻松自如，逆风而行也不见得全是劳累，还有一种迎难而上的精气神，顺风逆风都是在不断转换的，也会在突然之间变幻莫测，喜欢自然的风，更喜欢在风中漫步。

有些时候，我会选择在有风的时间出去散步，不管是白天或者是夜晚，我都喜欢。风总是能够吹醒一个步入迷途或者有些迷茫的人，当然风也能够把人送入梦乡，由此看来，这自然的风对人来讲是意义重大的。哪怕是只有一个人在街角徘徊，只要有风的陪伴，人也不会感到孤单，一个人面对风雨，正如这自然的风一般。

我本以为在整个山东，沂蒙山区的冬天是足够冷的，等到我在东营读书，生活了半年左右，才真正体会到什么是风的季节，存在于每一个日子里，距离海边二百多

公里的地方，已然能够享受到海风的沐浴。常常在不经意间，那风就来了，往往给人一个措手不及，而且东营的风是异常大的，来势凶猛又绵延不断，很长一段时间里，我不习惯这风的"所作所为"，但后来也不得不接受它的邀请，将这里看作是一个多风的地方，一个风的季节，哪怕这个季节贯穿全年。在有些事情面前，你越退缩就越来越习惯退缩，就不敢直面挫折，有些态度是可以因角度而改变的，就如同适应这猛烈的风一样，既然改变不了，那便"将计就计"，学着去适应，学着去喜欢，喜欢本就是人在一念之间里的一面之词。

小时候大抵对那风还是有些厌恶的，每到冬天，山东这个地界还是比较多风的，尤其是在我们那满是丘陵山地的沂蒙山区，不经意间出去，就要被迫接受冷风吹扫。基本上每年我的脸都会被冻得通红，起着红色疙瘩。为了预防冻伤，可是费了不少功夫，那些冻伤药基本上都用过，但也只是当时有些效果，后来听谁说了一个偏方，谁又知道一个偏方，母亲有心打听着，他们也纷纷来告诉母亲，然后就这样一次次地涂抹服用，而我就成了一个试药的小白鼠。诸如樱桃枝子泡酒、辣椒根磨粉此类的东西，已经见怪不怪了，这就更让我加深了对冬风的仇恨。春天到了之后，冰雪消融，天气渐暖，本应对那温柔的春风怀有好感，但却并不是想象中的样子，气温回升之后，脸上的冻伤也在渐渐好转，开始变得奇痒无比，有时也会忍不住用手去抓，那种感觉也是难以忍受的。显然，春风也在我怨恨的名单当中了。就这样持续了好几年，之后不知道是因为脸瘦了，还是因为服食了哪位医术大家的偏方，那冻伤竟好了，对春冬两季的风也渐渐褪去了心底的仇恨，转而开始拥抱那风。

想必人们都是喜欢夏天的风的，在炎热的夏天，风在人那里是有良好的口碑的，不管是热风还是冷风，在夏天都是有意义的，只要有风就有一种轻松的感觉。每到夏天，人们总是愿意蜷缩在空调房间里，但在清晨或是傍晚，人们也愿意出来走一走。特别是吹惯了空调风，习惯了风扇呼哧呼哧的声音，总是迫不及待地希望吹一吹那自然的风，在空气中散发着不一样的味道，我想这风也在一定程度上代表了自然，才会让人这样迫切地想去拥抱它，感受它。单就秋风来说，那种清凉是独一无二的，我想神清气爽也能在这个季节让人感同身受。但有些人是不喜欢秋风的，他们忍受不了秋风横扫落叶的那种无情和凄凉，可这种沉淀本就充满凄凉，就连人也有落叶归根的时候，万物皆是如此。

闲暇时刻，平常时候，在行走之中，我们不必去刻意

思考人生,也不用琢磨理解不了的事情,给自己留下点时间,慢慢地去感受风,感受自然,感受每一个有风的季节。

| 第四章　世间美好 |

误入藕花深处

一

上大学时，那学校里有两处很大的池塘，种着些荷花。每到开花的季节，便会引来络绎不绝的人驻足观赏，拍些照片留作纪念。我想，我们最期待的不是花开，而是花开后结的那个莲蓬，莲蓬里的那些莲子。每次我都算好时间，想着摘些莲蓬，可是走到那池塘边，就发现那莲蓬早被别人抢先"洗劫一空"。只有最里面的那些莲蓬安然无恙，可惜太远了，根本就摘不到。于是此后，我一年比一年都早些，去摘那心心念念的莲蓬，但还是一样的结果。看来，永远有些人比我还要心急，一直到了快毕业的时候，竟也没有摘到那莲蓬。

到了冬季，那池塘便结冰了，原本绿莹莹的荷叶都变成了褐黄色，断枝断叶铺在冰面上，已经没有几人再驻足观赏了。我顺着池塘外围的小路走去，发现一个老师在采摘枯萎的莲蓬，看起来有些格外亲切。我想既然摘不到那

新鲜的莲蓬,那就合时宜地去摘支枯萎的莲蓬吧,不管是新鲜还是干枯,毕竟也算是摘过了。后来去图书馆,无意中看着桌子上的花瓶里放着几支莲蓬,紧缩的皱纹显现出质朴的美感,散发着夏天的清纯,便引起了我的兴趣,我也想拥有这样一盆莲蓬。于是,就想起来自己摘的那莲蓬,回去找出来,那莲蓬已经发霉了,看起来,美丽是需要用心创造的。

因为没有采摘到那新鲜的莲蓬,我便对那两片池塘不感兴趣了,加之冬季结冰,那里也实在没有太多美景值得流连。于是我便开始对另外的一条小河产生了浓厚的兴趣,水里的花就像是浓缩了的荷花,还有好几种颜色,即便是在这秋冬季节里,它依旧绽放如初,寒冰冷雪下更显冰清玉洁。为了弄清楚这花到底叫什么名字,我还专门上网查了资料,这才得知那花叫睡莲,看来不管是什么莲,总会给人一种"出淤泥而不染,濯清涟而不妖"的感觉。之后,每次从那里走过都会仔细地观赏它,我也终于明白它为什么叫睡莲了,因为它的花是早开晚闭的,如此看来,它的作息时间还是挺有规律的。

冬日里明朗的一天,再次经过有睡莲的小河,看着几个工作人员穿着涉水裤,在水里清理过度繁殖的睡莲,只留少许睡莲,上面绽放着的睡莲花也被工作人员摘下,送给了过路的人，以免这美丽的花被遗弃在草坪上，失了姿色。我没有前去要花，而是在想，倘若我也有这工作人员的装备，想必就能够采摘别人触之不及的莲蓬了，看来我对那荷花还是忘不掉的，对那莲蓬也是一往情深的。

二

在离老家不远的一个乡村，有着一望无际的荷花，那个村落是以种藕为生，恰好有亲戚在那个村里，有幸去过几次，便将那藕花尽收眼底了。

一走到进村的那条路，远远地就能够看见那绿绿的荷叶和点点粉红，房屋高墙与那荷叶藕花相互交融，竟觉得这村落是建在水中的。到了亲戚家，便和亲戚家的孩子一起去看那藕花了。水池都是用挖掘机挖的，从外面的围墙看，那水池很深。亲戚家种了两亩藕，两个水池并未打通，一方水池的藕花是粉红色的，另一池却是白色的。颜色有所区别，但不知底下的藕，它们味道会不会有所不同。

亲戚家的孩子拉过来一只木船，说是船，但看起来更像一个大一些的木盆，恰好能够坐两个人，船桨就像两个铲子，他缓慢地向前划行，船桨拍打水面的轻柔声，也惊起几只水鸟来，看起来它们的警觉性还是比较高的。而我也小心翼翼地躲着横七竖八的荷叶，一不小心那荷叶就会

给你一巴掌。那荷花很美,瓣瓣分明,中间的小莲蓬还粘着不少黄色花蕊,引来几只蓝蜻蜓前来观赏。来得很是时候,虽说还不到莲蓬成熟的季节,但已经有几个成熟的莲蓬,对于这几个早产儿,我表现出了无比的热爱。

  我把这些莲蓬放在船上,拿起一个莲蓬剥起莲子来,那一个莲蓬有一小把莲子,我放在口中慢慢咀嚼,满是清香,自然也没有忘了我的船夫,拿了几个给他,他便和我一同慢慢咀嚼起来。池塘里还有不少鱼,也不畏惧我们,张着小嘴靠近水面,我想它们也想食用一些清香的莲子,随即用手碾碎了几个,丢到水中,它们便开始争抢起来。我们继续划桨前行,于是便想起:"兴尽晚回舟,误入藕花深处。争渡,争渡,惊起一滩鸥鹭。"藕花深处,别有一番趣味,怪不得能够让人沉醉。

第四章　世间美好

白蜡树之美

秋天的消息往往是风先带来的，体现在那逐渐变黄的树叶上，慢慢散落在地上。一年有四季，不管你更喜欢哪一个季节，每个季节里都有令人难以忘却的景象。世人有万千，不管你喜欢什么样的人，在人山人海里都有机会相遇。而美，往往就在一瞬间，让人陶醉，也让人沉迷，自然的美就是这样不同凡响。

起先我刚见白蜡树时，并不知道这树的名字，或许新鲜的事物总能够引起人的兴趣，我打开识物拍照搜索，便出现白蜡树、无患子、栾树、榆树等一系列的景观树木和各自的介绍，彼此之间的差别，顿时有些眼花缭乱。为了搞清楚，我还是静下心来仔细对比了一番，最终将那树确定为白蜡树。白蜡树还有两个别名，一为青榔木，一为白荆树，在我看来，还是白蜡树更为好听，也就这样称呼它们了。

第一次见白蜡树还是在夏季，深绿色的叶子彰显出它

的茂盛,阳光透过空隙落到地上,把叶的影子也投到地上,随着风吹叶动,那地上的黑影也跟着跳动,如果再加上些锣鼓声,那情景就宛如一场皮影戏。在晚上,也是能够看见这个景象的,而且别有一番韵味。月光比太阳光更温和、绵柔,所以总能够给人一种温暖,或许这温柔的光里也包含着星星的光芒,即便细微也能折射出不同的美丽。走在人行道上,路边的白蜡树旁伫立着几根路灯,高于白蜡树,灯光和月光倾洒在白蜡树的树梢上,那场景在繁忙的城市里,会让不少散步的行人驻足,更能够给人留下不可多得的惬意和舒适。

一入秋天,那白蜡树就比银杏树率先让人感觉出秋意了,而这种秋意是循序渐进的,也是不断绵延的。在不知不觉中,那白蜡树的叶子就开始变黄了,由几片黄叶到几个树枝上的叶子都变黄了,满树绿叶逐渐只剩下一小部分,而同在一起的白蜡树并不是一同这样变化,有的树上还是全绿,有的黄了一半,还有的白蜡树刚刚开始变黄。这种景象,像是由春夏到秋冬的过渡,黄绿叶子之间隐藏着时间的秘密。喜欢拍照,正是发现了自然的心意,让人倍感欣喜。有时不禁感慨,这白蜡树就如同这大千世界的人一般,没有什么不同,却不同地存在着,在每个夜以继日的时间里平凡地活着。

第四章 世间美好

　　宿舍的楼梯间很狭小，木质的扶手也给不了人一种古朴感觉，那楼唯一的好处就是在楼梯间的拐角处，留着一扇拱形的窗户，拱窗共有三扇，高低不同，可以欣赏外面的景象，除了最顶层的窗户，那景象并不是一览无余的。在这窗外生长着一棵白蜡树，笔直向上，直抵第三扇窗的下方，给人一种近水楼台先得月的感觉。

　　我住在顶层四楼，每次上楼走过楼梯间的拱窗，都会不经意间去看看那棵白蜡树，从下到上，那三扇窗子显现出不同的景象，先是那粗糙的树干，给人一种坚韧不拔的精神力量。中间的窗子，将那树梢展现出来，叶子的变化，或者说秋的到来是可以通过此处看到的，每天上楼下楼，留心看上一眼，那秋天到来的讯息便能够准确掌握了。最上层的那扇窗子，给人一种居高临下的感觉，直面白蜡树的最上方，如同踩在脚下一般，我的感觉仿佛那棵白蜡树也知道，所以它并不想要这种感觉，每天都在努力向上生长，想要超越最上方的窗子，成为居高临下的树。我是一个不善于爬树的人，对于一些低矮的果树还可以驾驭，除此之外我就显得技穷了，但每次上楼，看着临近窗户的白蜡树就像是爬树一样，带给人无穷乐趣，如此看来每个人都会爬树了。

　　窗外的那棵白蜡树已然全黄，在阳光的照耀下更显金

黄，想着找个午后时间去拍上几张照片，却被连日的繁忙给耽搁了。东营的风总是来得突然，不仅我们觉得突然，就连这白蜡树也感到突然。一夜之后，再次下楼经过窗子时，那满树黄叶的白蜡树，被吹得七零八落，树上只剩下为数不多的黄叶在继续坚守着。秋风带来的景象最终也被秋风带走了，没有留下遗憾，散落一地的落叶，被风吹向远方。

  白蜡树之美，美在每一个闲暇日子里，美在愿意为此驻足的人身上。在一些寻常的日子里，去感受季节和美感，总能让人静下心来细细品味。

| 第四章　世间美好 |

芦苇丛

朋友以芦苇为背景,拍了一张照片,拿给我看,我觉得很美。于是便让我想起了故乡的那片芦苇丛,还有那片芦苇丛边的一切事物。

芦苇除了秋冬季节时的晕黄灰白,还有春夏时节的盎然景象。春天的芦苇丛格外鲜绿,像是刚入春的小麦苗,充满了生机。以前每到这个时候,我的姥姥都会拽着我来割芦苇,运到家里喂羊,当然我也很乐意去。因为每当姥姥用镰刀割芦苇的时候,总能够听见那种沙沙的声音,自然而又协调。

小时候,当我第一次看见那芦苇的茎叶,便把芦苇认成了甘蔗。于是,我便盼望着甘蔗长大,一天又一天,从春天走过冬天,也没有看见心心念念的那高大挺拔的甘蔗。后来才知道这是芦苇,但我却没有一丝的憎恨,去怪罪它耽搁我的时间,占据我的脑海。我想,它应该也会原谅我这样一个贪吃的人,把它当成了甘蔗。

那芦苇生长在西沟河岸两旁，一到夏天雨水一多，西沟河河水泛滥之后，芦苇丛便又是另一番景象了。两岸的芦苇和中间的水色相互交融，仿佛那芦苇本身就是从水底钻出来的一样，当夕阳的余晖洒在水面上，波光粼粼的水纹便会荡漾着青翠欲滴的苇叶，四处游走。当然，四处游走的也不只是苇叶，你会时不时地看见有野鸭子从水底潜出，动作非常迅速，往往你一眨眼的工夫，就不知道它游到哪里去了，如果说要举办一个动物游泳比赛，我想那野鸭会有不错的成绩。

我最喜欢的便是秋天的芦苇丛了，枝干晕黄并且带着一丝丝绿色的芦苇，是最好看不过的了。灰白色的芦苇花随风而动，风吹着苇叶簌簌作响，蕴含着秋天的韵律。待到农忙以后，故乡的人也会割些芦苇。秋天时的芦苇自然不是喂养牲畜的，待到阳光充足把芦苇晒干，把它们做成扫帚，当然这个过程还是很需要功夫的。

我的爷爷也扎了不少扫帚。看过爷爷扎扫帚的情景，将一根绳子系在一根粗短的木棍中间，另一端则系在自己的腰上，再用粗绳把捋好的一把芦苇绕上一圈，两脚使劲蹬住木棍，再用细麻绳绕一圈，一只手使劲拽着，另一端用嘴用力咬着，多系上几圈然后扎紧，脸上的那种表情像极了钟馗，之后再用这种方法把一把把芦苇排好、扎紧，最后再用菜刀修理下杂乱的芦苇，一把扫帚就做好了。

爷爷不仅用芦苇扎扫帚，还有高粱、扫帚苗，还有一种我不知道的草木，扎起扫帚来金黄金黄的，根根分明，就像金丝一样，我很喜欢这种扫帚，可以给人一种美的感受，用芦苇扎的扫帚就有些朴实无华了，灰白色的"筋骨"带还带着些绒毛。听爷爷讲，以前我们那里还有人用芦苇秆编凉席，现在也没人会编苇子席了，我倒是在爷爷家也见过苇子席，小时候也经常躺在上面，它不像竹席那样凉，像芦苇本来的面貌。但好像那苇子席已经有不少年头了，上面有多处破损，但也没有舍得扔，也算是一份记忆吧。

西沟河的水快要形成一个个小水洼的时候，冬天就来了。你们应该觉得那芦苇丛旁是万木萧条，一片凄凉的景象。但恰恰相反，那芦苇丛旁热闹非凡，几个人聚在一起，手提着水桶，在那沟底的一个个水洼里摸鱼，有人直接用桶把那水泼到别处去，然后让鱼变得显而易见，以求更快地捉鱼。

家乡的芦苇丛，是美一般的存在，在美好的日子里，成了记忆中的一抹亮色，每当走过，会有不同的感觉，芦苇丛一年一生，一长就是一年，仿佛就是一个轮回，

只有根没有太多变化,还在向四处奔走,但也走不出那片土地,也走不出我的记忆。

/ 第五章 /

人间烟火

| 第五章 人间烟火 |

人间烟火

味道

在小乡村，走在街道上，你会闻到一股烟火气，特别是在早晨和黄昏。家家烧火做饭，柴火燃烧后的烟通过烟囱排到空中，丝丝缕缕地向上飘去，消失在天空中，但在空气中还留着那股味道，我想那就是烟火气。这股味道是农村特有的味道，更是人间的气息。

不管自己做菜好不好，想必每个人都有自己的拿手好菜，哪怕是最简单的菜，也能够让人记住那个味道，从而记住做菜的人，这种记忆甚至能转变成想念，这就是独特的味道。

小时候，印象最深刻的便是母亲做的红烧茄子，即便是不放肉，也有一股肉的味道。小时候很少吃肉，所以这红烧茄子就成了我解馋的一个菜，虽说那个时候非常想吃肉，但还是想念着印象里的红烧茄子。一旦吃鸡肉的时候，那便是姥姥大显身手的时候，姥姥炒的鸡是

最好吃的。就算和我们这最出名的"郎公寺地锅鸡"相比，姥姥炒的鸡也是能够大获全胜的。姥姥用自己养的鸡，柴火地锅慢炒，待那汤汁浸入到骨肉之中，那便大功告成了，当然姥姥的一个制胜法宝就是用自己酿造的大酱，大酱是用馒头和煎饼做成的，那酱的味道特别醇厚，母亲炒的茄子好吃的原因也大多在此。母亲和我姨炒的鸡远远比不上姥姥炒的鸡，直到后来母亲学会了一道辣子鸡，才能够和姥姥打个平手。

不得不说母亲做的菜确实是非常美味的，土豆、胡萝卜、韭菜、豆腐、白菜、荠菜……众多平常的菜，便形成独具一格的味道，娇嫩的蔬菜，特别是在冬天，确实能给人以温暖。说起煎饼，还是我小姨烙的煎饼最薄而且软糯，并且有的时候是用豆浆和面，煎饼里会留有豆浆的香甜。

我还是比较喜欢吃面饼的，把面调成面糊，锅里放油，把面糊倒入，然后用铲子摊开，等着底面熟透之后再翻面。母亲经常做这种面饼子，虽说味道还可以，但那饼实在是有些厚，而且一翻就容易碎掉。

小时候，父母上班的时候中午不会回家，而我就只能去奶奶家吃饭，总是期待着奶奶做面饼，奶奶做的面饼是绝对不会出现这种状况，而且非常薄，并且火候掌握得恰到好处,能够在面饼上看出铁锅的纹理,并且也不会油腻,就像是最简单的蛋炒饭被人做到巅峰是一样的道理。

记得有一次,在我上小学的时候,母亲到威海去晒海带,需要好几个月才能够回来。做饭的重任就落到了父亲身上,父亲做得最多的就是土豆丝,我平时是喜欢吃土豆片的,父母则喜欢吃土豆丝,可想而知我在骨子里就讨厌那土豆丝。我想在那之前父亲基本上是没有下过厨的,母亲走后的第一天,父亲便炒了土豆丝,切得和土豆片一样厚而且还没炒熟,我这才感到母亲以前炒的土豆丝简直是美味,看来,有些味道是需要对比才能够品出来真正味道的。

快节奏的生活方式由城市到了农村,上班的人也越来越多,那缕缕炊烟也渐渐远去,只有些年龄大的老人还用着地锅。新房林立,没有几户人家再垒地锅了,有些味道也渐渐丢失了。但有些味道是不能够被替代的,因为尝过就不会忘记,对比之下便更加怀念熟悉的人,熟悉的味道,从小便留在记忆中。人间烟火,人间味道,在每个人心中都有很多忘不掉的味道,无时无刻不在挑逗自己的味蕾。

特色

我不知道我为什么要写这样一篇文章，或许，我也是一个拒绝不了美食诱惑的人。一直想着去旅游，出去走走，看看外面的风景，品尝一下当地美食，但那步子总是迈不开，自然去的地方也就很少了。除了河南和江苏，其他省份我还没有去过。印象最深刻的当属江苏的羊方藏肉和河南的烩面、胡辣汤了。就那胡辣汤而言，那味道着实正宗，加上店里做的鸡蛋饼，简直就是一种享受。

自然，家乡的特色美食也是数不胜数，就拿那简单的八宝豆豉来讲，也承担了我一份儿时的记忆。爷爷对八宝豆豉是情有独钟的，千万不要把这八宝豆豉看成是简单的咸菜，它是用大黑豆、茄子、鲜姜、杏仁、花椒、紫茄叶、香油和白酒这八种原料经漫长时间发酵而成，是老一辈口中不可多得的美食，而我也喜欢这豆豉。小时候在爷爷家，只有到了中秋或者春节才能吃到一次，有些东西越是吃的次数少就越怀念，越盼望着吃到；有些东西即便是天天吃，如果一旦让你停下，也会感到不适应，激发出你对那食物的想念，也足以看出你对那食物的喜爱，想必这就是食物的魅力。

假期去了一趟泰安找朋友，最终目的却不是为了去爬

第五章 人间烟火

泰山,想必也是辜负了那闻名天下的泰山日出。晚上陪朋友过了个生日,第二天一大早,我们一起出去吃早餐,路过一家叫临沂糁汤的早餐店,朋友还没有去过临沂,问我这是不是临沂的小吃,我回答"是的。"然后他就拉着我果断地进去了,一人要了一碗糁汤,我要了一个萝卜卷、一根油条,他要了两个包子。当那糁汤一端上桌,顿时我就蒙了,作为一个临沂人,从来没有见过这种糁汤,只是简单地用鸡蛋和面做成,上面撒着零零星星的虾皮。我心想,这不就是一碗简简单单的疙瘩汤吗,朋友喝了一口直笑,说这就是你们临沂的糁汤啊,我们那里把这个叫咸粥。我连忙解释,临沂的糁汤并不是这样的,临沂糁汤分鸡肉糁汤、牛肉糁汤、羊肉糁汤,可恰恰就是没有这个面糁汤。我对他说:"下次你还是去临沂吧,我请你喝地道的糁汤。"可能地方特色小吃,只有到了那个地方才能吃到最真实的味道,就像河南的胡辣汤、柳州的螺蛳粉一样。

地方特色小吃,真正有意义的,想必是前两个字,只有找对了地方,才能找对味道。即便在临沂,糁汤也会有些大同小异,我想这也好过那一碗毫无关联的疙瘩汤。每个人做的东西或许会有所差异,但绝不是天差地别的不同。美食,需要认真对待,味道,只求真实,这便是人间烟火。

凉秋暖实

在每个地方,都有你要等待的人,在每个独特的季节里,都有你盼望的东西,人就是这样,有迹可循却也没有道理,简单易答,又深沉持久。有些人忘不掉,有些东西很醉心,让人记忆良久,生活没有过于为难,并且很多美好也由此发生。

老家的胡同口,原有两棵柿子树,柿子树生长缓慢,但那两棵柿子树粗壮的身躯一个成年人伸开手臂也围不过来,更不知生长了多少年,才有那种遮天蔽日的枝叶,粗糙的树皮看得出岁月的沧桑和不为人知的遥远记忆,向着未来慢慢生长,也慢慢老去。

每次从柿子树旁边走过,都会下意识地看看这两棵老树,自然绿色的伞面,透着斑驳的阳光,抬头望去也并不觉得刺眼,反而有一种如风的温和。柿子树开的花很小但也很优雅,淡黄色的花朵,配着浓绿色的蒂,像是开在叶子里的化,娇羞而又热闹。

第五章 人间烟火

没过多久,那柿子花一落,青绿色的小柿子就长出来了,加之树干高大,枝叶繁茂,让人分不清哪里是叶子,哪里是柿子。于是,柿子便在不为人知的绿叶里随着时间的脚步,慢慢地生长。直到进入秋天,柿子树上的叶子变成红黄相间的颜色,还带着不少的黑点,在蓝天的映衬下如同墨染一般,自然安逸。叶落无声,微黄的柿子已然暴露在枝头,惹人喜爱,引人驻足观赏。

柿子树的主人从不吝啬,每当这个时候,都会让我们胡同里的大人去采摘,拿着长长的竹竿和厚厚的麻袋,把麻袋铺开,用竹竿去打树上的柿子,而我们这些小孩,只负责盯住散落在其他地方的柿子,给它们精准定位,每个人都能够满载而归。即便是这样,这两棵树上的柿子往往也摘不完,因为有的柿子结得实在是太高,根本够不着,只能由着它们在枝头微笑,逐渐变红而后晶莹剔透,像一个个灯笼一般,阳光倾洒在上面,也可以折射出别样的光,但鸟儿却不怕这折射的光,总是来来往往地偷食,甜得叽叽喳喳叫个不停。

有一天,当我再次路过柿子树,发现满地狼藉,枝叶破碎,偌大的两棵柿子树很多粗壮的枝干被刮断,有一棵树主干也似乎遭到雷击,当中折断,这是最后一次看见两棵老柿树的情景。当天下午当我再次经过,地面

除了些许落叶之外，多了两个树桩，少了两棵老树，更少了往年的果实和美好，胡同比往常安静多了，似乎每个人都在惋惜。后来，父亲经过柿子树主人的允许，寻来一块树桩上的木头，被父亲打磨成两个陀螺，也延续了我一段童年记忆，也算是和老柿树之间最后的交流，只不过后来陀螺也丢失了。

幸好，我大姥家还有一棵小柿子树，让那种美好和味道得以延续，此后的每年，姥姥都能在大姥家摘回不少的柿子来。这柿子是老物种，因为长得像磨盘，老人称它为磨盘柿子，和市面上卖的那种柿子不同，不能直接食用，需要经过加工或者让它们待在树上，让阳光充分地曝晒，当然，你要等着阳光照射，这个过程定然是漫长的。但是你要直接拿来食用，柿子的味道是很涩的，让人难以下咽，甚至难以咀嚼。

所以，我们需要把柿子酶一下，去除涩味，积淀糖分，姥姥是酶柿子的高手，把柿子洗净，烧好的开水倒在大铁盆中变凉，把柿子放入盆中，用薄膜封住，四周放些麦秸，然后只需要慢慢地等待，等待时间的积淀。差不多放置一夜，通常姥姥会把柿子捞出，放在竹编的筛子里控一下水分，就可以食用了。不要看这很简单，这个水温和时间的把握，不是那么轻而易举的。

醂好的柿子，虽经过一夜的浸泡，水由温变凉，你若取来食用，还是可以感受到水的温度。醂过的柿子那皮吹弹可破，软糯多汁而又香甜可口，这种味道是不可替代的，甚至在别的季节都会想念这种味道，买来柿饼仔细回味。

后来，我在外上学，两个星期左右才回一次家，姥姥知道我喜欢吃她醂的柿子，此后的每一年，总会等着我快回家的时候醂柿子，我回家之后就能直接吃上醂好的柿子，这个时间总是被姥姥把握得恰到好处。

有些美好就蕴藏在平凡而又普通的生活中，给你独特而又持久的感动。这种甜，让人身在秋季凉风之中，也能感到果实背后忙碌的人带给自己的温暖，忙忙碌碌而又苦心经营的甜意，在那些清晰可见的背影上展现出最伟大的爱。

秋日私语

至味清欢

吃过晚饭,喝了杯白开水,猛然间有些饱腹感,便决定出去走一走。从家里出来,漫无目的地闲逛,走过几个路口,不知道为何又走到了那个熟悉的地方。弯曲蜿蜒的土路,两旁皆是农田,还有一条小河,流动缓慢,像是清幽的古曲。那是我经常走的路,小时候上学大都是走这条路,自己走着去,每一处都感到特别亲切。特别是路边那一片野生的金银花,每当盛开的时候都会有一种独特的香气,我们上学路过时,会采下几朵拿到教室里直接泡水喝,虽抵不上晒干了的金银花有味道,但也能感受到那种清新的气味。

此时,各种虫鸣相映成趣,任何风吹草动之处都有可能藏着个精灵,风已经变得清凉,我站在土路上,望向遥远的四周,漆黑的天空已然被星月点亮,迷人的夜色伴着自然的歌,给人一种自然的美好。

第五章　人间烟火

夜有些深了，看了看时间，已经九点多了。正准备要回去的时候，一只蟋蟀从草中跳出，跳到了我的鞋面上，手机灯光的照耀下，它显现出自己的英姿。我刚要蹲下，想着仔细地去看看它，我不知它是害怕还是害羞，它又一跃而起，钻进了路旁的草丛中，就不知所踪了，想必它和我一样，此刻也着急回家。

回到家已经接近十点，父母都已准备好睡觉了，而我却没有一丝的困意，或许是因为这美丽夜色，也或许是因为那只蟋蟀。没有事干，也不想入睡，我便泡了壶茶，坐在椅子上，静静地等着茶叶和水充分地结合，等着茶水入口的一刻。此时，从窗子里爬进来一只蟋蟀，从窗台上跳到我的写字桌上，我没有打扰它，看起来它也不打算打扰我，停在桌子上没有乱动。我倒上一杯茶，思考着这只蟋蟀会不会就是刚刚草丛中的蟋蟀，如果是真的，想必我和它还是挺有缘分的。它时不时地鸣叫着，仿佛像指针在行走。

静谧的夜里，虫鸣更显清脆，突然有些灵感，便想写点东西，我取来几张白纸，慢慢地构思想象，用笔仔细写着，那蟋蟀从深夜待到黎明，一直陪着我，并且激发了我无限的想象。到了黎明，那茶水已经变淡，我的困意也突然袭来，勉强睁着眼睛去寻那蟋蟀，可它已不见了踪影，我想它可能也是困了，或者是在我这歇完了，继续赶路了吧。

那一夜写了好几首诗歌,现在读来感觉也不错。其实,在每一个普通的日子里,总是有很多美好的时刻,能够让清净的内心更加欢愉,在这种生活中,你不去学会享受生活,恐怕是真正辜负了自己。仔细体会,慢慢感悟之后,也许你会懂得:人生难得一知己,人间至味是清欢。

别样

每临秋天,就到了落叶凄凉的时候,但这秋天也是农民收获的季节。作为一个农民的儿子,从小便在一望无际的田野上眺望,奔走,自然我对一些是很熟悉的。在秋天需要收获的粮食有很多种,对我们家来讲,经常种的有花生、地瓜和玉米这三种。我虽然喜欢吃玉米,但却不喜欢收玉米,因为掰玉米不仅仅是个体力活,还极易让人浑身刺痒,那种感受是非常糟糕的。想必烤红薯也是很多人比较喜欢吃的,地瓜干也是一种好吃的小零食。在农村,似乎每个人对这些新产的粮食作物都有一种喜爱,这种喜爱不单单只是口感,还有一种独特的情感。

我乐意去拔花生,因为花生地里的乐趣是最多的。小时候,我经常下地拔花生,每次拔累了就会直接坐在地上,那土地的凉意让人释放劳累,休息片刻然后继续劳作。每次从一垄的起点开始时就感到那垄实在是太长了,没有太

第五章 人间烟火

多的动力,干到那一垄的终点时又会有一种成就感。渐渐长大了以后,便会争着去干,我干的活多了,父母就可以少干一些,看着父母日渐弯曲的腰背和变得低矮的肩膀,便多了一份担当。

最开心的时候就是在地里干完活的时候,休息片刻之后,就会将那花生秧堆成很多小堆,抱到拖拉机的旁边,让父亲装车,然后坐在高高的花生秧上,听着拖拉机发出"突突突"的声音,乘着晚霞而归。但在很多时候,赶上雨天或者是地里比较潮湿的情况,当天拔出的花生是不能直接拉回家的,因为花生的根部有太多泥土抖不掉,得放在地里晒上几天,然后用木棍敲打掉泥土才拉回家,一方面是为了减少重量,另一方面是为了不带走过多的土壤,导致土地贫瘠。

特别喜欢花生在地里放上两天之后再去装车,没有其他的事情我一定是跟着去的,因为花生秧下的土地会变得潮湿,而这恰巧给蟋蟀造就了一个舒适的环境。这也是一个很开心的事情——捉蟋蟀,迅速翻开花生秧,然后眼疾手快地捕到它,用手一捏放到瓶子里就可以了,当然不能用太大的力气,要不然那蟋蟀很容易就被直接拍死了。往往一个下午可以捉不少蟋蟀,回到家里就把它们浸泡到水里,然后择去它们的翅膀,控干水分放到油锅里炸,便成

了一道不可多得的美食,它比蚂蚱和蜜蜂蛹还美味,也成为我印象深刻的童年记忆。

后来,经常看一些古装电视剧,大体都是从明清到民国,在京津两地的达官贵人都特别喜欢斗蛐蛐,不同的品种有不同的要价。看着电视上他们斗的蛐蛐,和我们吃的蟋蟀也没什么不同,于是便去查了资料,这蟋蟀和那蛐蛐是同一种昆虫,只是一种别称而已。自然,蟋蟀还有其他别称如夜鸣虫、将军虫、秋虫、斗鸡、地喇叭、灶鸡子等,大概是各地叫法不同。

最近看到一个新闻,一个人捉蛐蛐卖,十年间买了两套房,最贵的一只卖到了一万二,突然想起来小时候自己捉的蛐蛐,不知道这些年自己吃掉了几套房,或许有人觉得这有些暴殄天物,我却对此没有太多的悔恨。他们买来让它们争斗,纯粹是为了玩,我们捉来简单操作,纯粹是为了吃。虽有所不同,但皆在吃喝玩乐之中,只是有着不一样心境罢了。

垂钓

一

我不知道是什么时候开始喜欢上钓鱼的,从看着别人垂钓,收获不少鱼,开始慢慢地有了这个兴趣,那时也曾一度着迷,只不过现在也已经荒废了。

村子的东面有一个大水洼,那时还没有用石头铺盖缓坡,全是沙土的表面,有一个二阶台,那里就成了钓鱼爱好者的常驻地。那水洼里原本是没有鱼的,以前每到夏天人们会到那里洗澡,水是水洼周围的泉里冒出来的,并且有一条小溪注入,那水是干净而又清澈的。大人在水洼里洗澡,孩子们就在上游的小溪里玩,捕捉泥鳅和螃蟹,特别是到了晚上,那螃蟹就会爬到岸边、小溪里,我们通常会在晚上拿着手电筒,提着水桶去捉螃蟹,一会儿就可以逮很多,但那螃蟹不是很好做的,吃过一次之后就不想再吃了,后来连去抓螃蟹的兴趣都没有了。唯一让人感兴趣的就是挖泉眼了,水汪的东西两边的水是很浅的,低矮的

岸边都是沙土，我们会看着哪里有小漩涡或者是水流流出，就在那慢慢地挖除沙土，挖出一个规整的泉眼来，然后给它们命名，留上独特的标记，一般用小石板刻上自己的名字放在旁边，证明那是自己的泉，然后比比谁的泉眼多，比试之后紧接着就是炫耀了，炫耀之后又是相互比，继续挖泉眼。

后来，由于一条铁路要穿过村边，需要很多的沙土，人们便对山上的沙土和这水洼里的泥沙下手了，挖掘机挖了很久，装沙子的车来来回回不知道跑了多少趟，那水洼是愈发深了，东面的缓坡都没有了，像是悬崖峭壁一般，岸边的泉眼更是不见了，但没有人在意那些，我们纷纷跑过去看挖掘机，对那庞然大物很感兴趣。后来，那挖掘机见得多了，又不禁回忆起原本的水洼，怀念发生在那里的故事。之后，村子里一个姓陈的人，在里面放了些鱼苗，过了几年我们那里下大暴雨，山上的很多水都排到了那水洼里，碧绿的湖面变成黄色，水位也在不断上涨，撒鱼苗的人还特地拿出一张铁网放在水洼的排水口，恐怕那些鱼顺流而下。

水势还是异常凶猛，一夜之间，那水洼终究还是决堤了，水流从上而下，向村子西边流去。早上一起来，父亲便急忙去了祖父家，祖父家是村子中央的老房子，相当于大城市里的城中村，地势低洼又不易排水。父亲用树枝子把门里面的门闩给撬开，院里的积水已经到了父亲的大腿，父亲缓慢地移动到堂屋，所有能漂起来的东西都漂在水面上，堆放在墙角的煤球也被泡塌了，水位即将到达祖父的床板，父亲急忙叫起祖父祖母，祖父祖母很是吃惊，连叫几声"天老爷"，父亲用桶把水排出去，通了通那下水道就回来了。

雨还在下着，旱路已经成了水路，按理说下雨的时候，人们都是在家里享清闲的，但却是万人空巷的景况，父亲走到人多的地方，看见那水沟里、水路上不时地游过几条鱼，人们是奔着那鱼来的。父亲一回家就告诉了母亲，便顺手操弄起那地笼来，我听到父亲说的话，从床上爬起来，迅速地穿上衣服，喊上我的朋友，直奔那条熟悉的排水沟，我们用沙土石头垒堰，留出一点出口，在堰的下方挖出一方低地，放上张网子，就开始坐享其成了，但那最后的成果还是不尽如人意的。不知道是鱼都跑没了，还是那鱼不愿离开，或许是我们来晚了，仅仅捉到十几条小鱼，每人分了几只，回家以后就打赏给家里的猫了，父亲的地笼里也没有太多收获，全是泥鳅，倒也证实了一件事，那地笼是专门用来捉泥鳅的。看起来，人是术业有专攻，鱼是捕捉须专属。

但我们村子里还是有不少人，捉住好几斤的大鱼，而

且鲤鱼、鲶鱼、草鱼……各种鱼都有,我们那时才知道原来这水洼里有这么多鱼,而且是那么大的鱼。此后,那水洼边便有不少人在那里钓鱼,甚至还有一些外地的人前来野钓,有时一待就是一天一夜,也不知道收获了多少,但可以肯定:"鱼,是其所欲也"。

二

第二年一开春,水位一下降,便有人在那低畔处钓鱼了,我在他们旁边待过几次,看着他们钓鱼,自己也有了兴趣,便询问鱼竿在哪里买的,偶然的机会去了王庄(村庄旁边的一个村子),问母亲要了钱,买了个最便宜的鱼竿,一共花了十三块钱,那鱼竿细长轻巧,适合钓小些的鱼。

买了鱼竿之后,我就迫不及待地去钓鱼了,在门旁挖了些蚯蚓,提了个水桶,拿着个小马扎就去目的地了,现在看来,我那是提前适应适应老年生活了。我把蚯蚓割成小段,挽在鱼钩上,一手拿着鱼竿,一手拽着鱼线,将鱼竿拉弓,然后猛地松开,那鱼钩就准确地进入你想要的水中位置,剩一根浮子在水面立着,你只需仔细观察那鱼浮,看准时机然后提起鱼竿,虽然这一切准备工作做得挺充足,但还是没有钓到很多鱼,我反复思索着步骤,有时我也看别人钓鱼,很快我就把这个纰漏找到了,原因在于自己的

第五章 人间烟火

鱼饵不太起作用。

那些善于钓鱼的人,都有好几种鱼饵,他们讲钓什么鱼就要用什么鱼饵,种类不同,爱好就不同,和人一样。我想着有没有一种可以适宜很多鱼的鱼饵,正准备去买鱼饵,被我认识的一个老人给拦住了,按辈分我要叫她老奶奶,她在大坝上乘凉,对我讲何必去花那个钱,鱼饵自己就能做,给我讲了那鱼饵的做法。材料是以玉米面和面粉为主,用香油和白酒和在一起,使劲地揉搓让鱼饵具有韧性,不至于到了水中就脱钩,后来我又往里面加入虾皮和小鱼干的碎渣,那鱼饵就真的完美了。

用了那鱼饵,钓的鱼果真多了,看来那手工产品真是不错,每次钓鱼都能钓半桶鱼。经常去钓鱼的人也惊奇,为什么我钓的鱼那么多?是他自己位置不对?还是其他什么问题?我笑着对他们说,我们的鱼饵不一样,他们显得更加疑惑了。他们说自己的鱼饵都是专门买来的,而且口碑都挺好,钓的鱼也不少,就是没有我的多。我把自己做的鱼饵拿给他们看,他们拿过去看了一眼说:"这不就是玉米面吗!""正是这样的,但也有所不同,你可以掰开看看。"我说。他掰开那面团,闻了闻那鱼饵的味道,说了句"还真有不同。"我紧接着说:"你们平日里用来钓鱼的鱼饵大致相同,也许它们早就吃腻了,偶尔也需要换

换口味。"但在骨子里我更加相信,这乡下的鱼或许更喜欢乡下的味道。第一次把那鱼提回家,母亲做了鱼汤,鱼汤浓稠,很好喝,后来又做了炸鱼,真是吃到绝望了,那鱼实在是太腥了,不仅仅是我这样认为。此后,再钓到的鱼就分给左邻右舍,孩子们养着玩了,没敢再下嘴。

经常会钓上来一些小鱼,就会选择直接把它们放回水里去,但后来我发现好几次,好多鱼的嘴唇上都有鱼钩的痕迹,多的甚至有两个鱼钩洞,我不知道它们当时是自己挣脱逃走的,还是钓鱼的人放走的,这种巧合让我思考,那鱼的记忆到底有多少。如果说那姜太公钓鱼的故事是真的,我想那鱼不是饿极了,就是太蠢了。反之,我用那古老土气的配方做成的鱼饵,想来对这些鱼来讲就是美味佳肴了吧。

因为那鱼不太好吃,所以后来也就慢慢不去钓鱼了,这个原因也让鱼救了自己一命,但每每遇见有钓鱼的人,都忍不住过去看看,手里还有些痒痒的。再平静的湖面,不时也会有波光粼粼的动态,那钓鱼实在是一种技术活,你必须要平心静气,专注于每一轮风波,不能在有机遇的时候错过。更需要一直坚持,直到钓上鱼,当然位置也是重要的,人们常说水至清则无鱼,鱼还是喜欢去水深的地方的。

第五章　人间烟火

最近一次钓鱼,是随朋友去陪他朋友钓鱼的,原本是不想去的,只是天上下着小雨,一时来了兴趣,便跟着去看了看。钓鱼的地点是在一个水库,周围有几座小山,碧水青山很是惬意,让人心情无比舒畅,看起来他的朋友是经常钓鱼的。下雨的时候,那鱼是很容易上钩的,它们需要出来喘口气,他钓了一会儿就钓了好几条鱼,高兴地和我们聊着天,在我们共同的朋友那得知,我也会钓鱼的时候,起身让座,之后便要将那鱼竿给我。我推说我已经好久没有钓鱼了,他说没有事,本来就是玩的,不必在意。我便坦然接受了这个邀请,回忆着以前钓鱼的时候,轻松地复制过来,第一把就钓了一条半斤左右的鲤鱼,将鱼拉到跟前,朋友便迫不及待地用那网漏捞鱼。又钓了几次,多多少少有些收获,便把那鱼竿还给了它的主人,便在一旁看着他钓鱼,那天的心情十分好,连看到的晚霞都是不一样的颜色。

看来,钓鱼这件事,重要的不是最后的成果,这个过程才是最值得珍惜的,钓上来几条鱼,只会有一种短暂的成功喜悦,而这个过程,才是最值得深思的。

呢喃声声

起飞

真正认识燕子还是在我上学前班的时候,小孩子一到课间是比较能玩的,而我们那个学前班位于整个学校的最东面,除了果树就是绿化,有着广阔而未被水泥铺筑的土地,那片土地自然也就成了我们的乐园,也就是在那里找到了那只燕子。

我记得那时杏花刚落不久,冬青新换了绿意,我们在那片杏林玩耍时,被一只慢慢悠悠向前飞的鸟给吸引了,我们原本想着把它惊走,于是便一起向它跑去,可这鸟竟不知躲避,我一把将它抓住,它似乎也没有显现出一丝吃惊,甚至没有挣扎,我对这鸟的勇敢是由衷地敬佩,想必它对我也是。

我把它放在手里,它也没有飞走,倒是引来一群朋友,我们仔细地端详,突然有一个孩子说,这鸟的翅膀好像受伤了,我们的注意力便转移到它的翅膀上,它的一只翅膀

第五章　人间烟火

耷拉着，看起来受伤比较严重，这似乎不在我们能处理的范围之内，当然也不能放任不管，让它听天由命，我便把它交给了我的学前班老师。老师先帮那鸟处理好伤口，寻来一个鞋盒子把它放到里面，用两个塑料瓶盖给它放置了些米饭粒和清水，便开始给我们普及这鸟的知识，从那时起，我们才知道，原来这个鸟就是年年春天来这里的燕子，于是我们对它产生了浓厚的兴趣，一下课就围着那个鞋盒子。

原本我们早上去学校都不愿意去太早，很多时候都是踏着上课铃进入教室，自从有了这只燕子，我们好像都成了勤奋的孩子，一大早就赶去学校。老师给它起名为石头，希望它能够坚强，慢慢地愈合自己的伤口，争取早日回到自己的天空中。石头倒是对音乐挺感兴趣，每次老师一弹起电子琴，它就叫个不停，兴许它也是在歌唱。

过了两个星期左右，燕子似乎已经好了，老师解下它翅膀上的绷带，看了看，伤口处已经愈合了，这也意味着它就要走了。老师看着我们不舍的目光，便对我们说："我知道你们对这只燕子已经有感情了，但毕竟天空才是它的家，我们不能用自己的喜爱去剥夺它的自由。"于是我们便和老师一起试着将它放飞了，没想到它真的飞起来了，飞得很高很高，我们开心极了。

我们回到教室，准备继续上课的时候，它又飞了进来，在教室的上面,一圈圈地盘旋,我们激动地鼓起掌来。老师说:"它飞回来是为了感谢我们,感谢我们帮助了它,所以我们以后要有爱心,乐于助人,在接受别人帮助时要懂得感恩。"对此,我们深以为然。之后,我们问老师它以后还会回来吗,老师肯定地回答说当然会,因为它年年春天来这里。

呢喃声声,春光几许。遇到艰难险阻,即便是折翼之后,不能飞行,但心中要有阳光,更需要勇敢面对,因为在此之后的下一次起飞,便会是最好的远航。

从头来过

在老家是经常可以看见燕子的,可能燕子也比较喜欢乡土气息,便偏爱于这方土地了。

在乡下,燕子经常在家里筑巢,这是一种吉祥的象征。古称燕子为"紫燕",有紫气东来之意,筑巢之处皆被认为是风水极好的地方。从小老人们就告诫我们,不能去捅燕子窝,以免坏了风水,燕子就不会再来了。

我喜欢燕子的到来,喜欢它从南到北的旅程,荡漾着四季的时光。特别是燕子那乌黑透亮的背和那洁白明丽的胸腹,黑白之间搭配得恰到好处,让人感到极度舒适,显现出独特的魅力和气韵。高尔基在《海燕》当中说:"海燕叫喊着，飞翔着，像黑色的闪电，箭一般地穿过乌云，翅膀掠起波浪的飞沫。"我自然是没有看见过海燕，但当燕子飞起来的时候，不得不说，那身影也像极了一道闪电，在天空之中穿梭。

不知什么时候开始，那燕子便开始衔泥寻草，在我家的屋檐下搭建巢穴了，当然这个工程还是比较浩大的。也许燕子搭建这个泥巢的工期有点紧张，整天都能看到它来来回回地运载泥浆，撒落的到处都是，院子里飘散着一股新鲜泥土的气息。尽管工期很短，但燕子的效率也是蛮高的，这似乎并没有影响燕子窝的质量，我们从外面看，它很坚固，当那一对燕子入住以后也验证了这个想法。

燕子入住后没过多久，就听见有叽叽啾啾的声音，出于好奇，我便从堂屋里搬来一个板凳，站在板凳上向上看，远远地探索一番。一群小燕子，高高地抬着脑袋，张着嫩黄色的嘴巴，似乎在等待着它们的父母捕食归来，可爱极了。自打那对燕子有了孩子之后，就变得更忙碌了，双双出去寻找食物，然后回来一个一个喂养，每次喂完一个小燕子之后，也来不及停歇一刻，就又飞走寻食去了。燕子总是这样不辞劳苦，日夜兼程，似乎没有一刻是在闲着，记得我写的一首题目叫作《简单的爱，不用解释》的小诗，就是关于燕子的诗：

梁上一窝饥叫的雏燕,
思念,等待着母亲的归来;
雨中的母燕正努力前行。
我的眼角被泪水湿润,
爱的味道,
你可懂得?

爱就这样,
简单,纯白,
不要理由,
无须解释。

　　总有一些感动,能够波及自身的内心深处,似乎每一只燕子都在平凡的生活中,为了自己的孩子忙忙碌碌,其实和人并没有什么不同。

　　但这燕子的安静生活,很快就被突如其来的磨难打破了。那天,我们家刚吃过午饭,就听着屋外的小燕子叽叽啾啾地叫个不停,似乎比往常叫得更大声,我们以为它们可能是太饿了,在不停地呼喊在外捕食的老燕子。没过几分钟,燕子的啼叫愈发微弱了,我和父母有些担心了,便一起走出去看个究竟。

第五章 人间烟火

刚一出屋门,就被地上的景象吓到了,四只小燕子全部被丢弃在地面上,一动不动,已经没有了生命的迹象,抬头看着燕子窝,两只老麻雀正叼着那只仅存的小燕子,看起来准备把这只小燕子也灭口了。看到这里,父亲立马严声训斥,如雷鸣般的吼叫,企图制止这罪恶的行径。但世事不遂人愿,最后还是让那可恶的老麻雀得逞了,并且霸占了燕子的巢穴。

不知道燕子飞了多久,飞了多远,此时才回到自己辛苦搭建的家,发现窝里不再是自己的孩子,而是两只麻雀。燕子在啼叫呼唤,但并没有孩子回应它,它注意到了地面上的小燕子,猛地俯冲下去,停留了片刻,便飞到燕子窝边和那麻雀进行争斗,飞来飞去地啄,没过一会儿便来了一大群麻雀,叽叽喳喳地卖力叫着,那几只麻雀气势汹汹地占据着燕子窝,寸步不让。而燕子势单力薄,腹背受敌,最终败下阵来,不舍而又绝望地飞走了,我知道它不甘心,不仅仅是自己的房子,还有自己的儿女,那可是生命的代价。

那个燕子窝最终还是被麻雀非法占有了,不劳而获的麻雀沾沾自喜,但燕子却无能为力。我们看着那麻雀就生气,父亲就更加愤恨了,二话不说,借来一个木梯子,放置好位置,并让我扶着,拿着木棍就要上梯子。不言而喻,父亲是要亲手毁了那个被麻雀的占领燕子窝。

邻居劝说父亲还是别捣毁那个燕子窝了,以免坏了风水,以后燕子就不会再来筑巢了。父亲摇摇头说,就算坏了风水,也好过整天看着这群麻雀要好得多,况且即使不捣毁,到了明年燕子来了,它也争不过这些蛮不讲理的麻雀。于是父亲果断地捣毁了那个燕子窝,邻居平静地说:"燕子再也不会回来了。"燕子窝一损坏,就吓得麻雀四散开来,一只小麻雀在惊慌之中掉落在地上,看起来那只小麻雀应该是刚刚学会飞,起飞的时候有点费力。

这倒让家里的小黄猫看着了,迅速地跑上前去,咬在嘴里再抛到地面上,用自己的爪子摆弄着那只小麻雀,小麻雀拼命地叫喊,又重新引来四散的麻雀,站在屋檐上叽叽喳喳,好像是想让我家的猫住手。想必一直在空中飞飞停停,不断啼叫的那两只老麻雀是它的父母,小黄猫并没有被麻雀们嘈杂的声音恐吓住,耐着性子玩弄着那只小麻雀,直至死亡。或许,这小黄猫可能早已和燕子成了好朋友,故意让这群我行我素的麻雀长长记性。我看着电线上面站着的那一排燕子,心想那两个旧友要是在里面,它俩看见这一刻,不说解恨还是不解恨,起码对那燕子算是有个交代了。

我把那几只夭折了的小燕子放到铁锹上,连同碎落的燕子窝,埋藏在了我家的石榴树下,天空中便也无声无息了。

此后,很长的一段时间,我都在想念那两只燕子,关心它们此后的命运和生活。但是,燕子是再也不会来了,我们都这样认为。

走过寂寞的冬天,春天便开始崭露头角了。又到了一年的春天,万物复苏的景象,这个时候燕子也在拿捏时间,择日抵达遥远的北方。我们看着去年破碎的燕子窝,耳边又响起邻居说的那句话:"燕子再也不会回来了。"

没过几天,我们惊奇地发现,在原先那个破碎的燕子窝旁边,一个崭新的燕子窝正在施工当中,我和父母都很惊喜,看着那两只忙碌的燕子。不管那两只燕子是不是去年的两只,我们在内心都认为还是那两只燕子,因为春天又开始了,它们又回来了,就只当从头来过,毕竟生活还是美好的。与之前不同的是,我们一家人都成了燕子的安保人员,时刻关注对它们来讲一切危险的因素,更期盼着小燕子的呢喃声和飞向天空的时候。

老 鼠

小记

刚动笔时,我对这篇文章的题目有些拿不准。起先,我写的是"胆大的老鼠",觉得恰到好处,后来想了想,虽说我要写几只胆大的老鼠,但不能代表其他的两篇,更何况人们常说胆小如鼠,我就改成了"鼠",可鼠的种类实在是太多,诸如竹鼠、袋鼠、松鼠,等等,数不胜数,似乎有些太广泛,几经思索后,还是直呼其名,把题目定为老鼠,简单直白,清楚明了。

我们似乎都很熟悉老鼠,但若在生活中,突然出现一只老鼠,我想头皮也会有些发麻。人们不喜欢老鼠除了它们偷吃粮食,制造麻烦之外,想到它们阴暗肮脏的生活环境也是让人讨厌的一个方面。至于下面的几段小文,在我的经历中,也算得上一些奇闻趣事,若是能引发些思考,那是再好不过了。

第五章 人间烟火

雷霆之怒

也记不清楚,那是在我几岁时发生的事情,但事情的经过还是记忆犹新。那一天,母亲在家里储存粮食的屋子里收拾东西,我在堂屋里看电视,过了一会儿,就听见母亲用扫帚拍打的声音。那剧烈的拍打声一停,母亲就把我喊了出来。

原来是母亲拍死了一只老鼠,母亲还要继续忙碌,关于这只老鼠的后事,母亲特地指派了我,因为当时只有我和母亲在家,想必母亲也是无人可派了。原本我对老鼠还有一些恐惧,但这只死老鼠对我来讲还是不足为惧的。

母亲用烧火棍把那只老鼠弄到家里的大铁锹上,告知我丢到大汪(我们村的一个有泉的湖)中的小井里。大汪里有两个井,一口大,一口小,大井有水且清澈,小井则是用来特殊时候蓄水用的,说是井,却更像一个大水缸,虽然人们叫它小井,但都不把它当作一个井,于是就荒废了,大井藏身在下,小井全部露在地上,两口井之间隔十几米,似乎也毫无联系。

我拿着那个长长的铁锹,用尽全力端着那老鼠的尸体,不知道是我力气太小,还是铁锹太重,竟让这老鼠的葬礼

显得有些隆重。我走到井旁,没有再看它的遗容,便将其抛进井里去了。我站在大井的旁边,回忆着母亲到底让我丢到哪个井里,幼小的我实在是分不清楚,便拿着铁锹回家了。

在母亲听到我将那死老鼠扔进了大井中,抓着我飞一般地跑到井边,可那老鼠的尸体早已不见,估摸着被那井底的螃蟹分食了。母亲的脸上流露着无奈,也掺杂着愤怒,回家后,第一件事情就是给我讲道理:这井水是人们用来饮用的,像你这种行为是要遭天谴的……好在现在每家都有水井,基本无人去饮用了,但井就是井,是不容玷污的。母亲说着,我哭着,最后也没逃得了一顿打。

所幸,母亲口中那个应遭天谴的我还活着,那口老井也还在,找不到的只有那只老鼠的尸体,时至今日,每当我想到这件事,心中便会自责懊悔。

侥幸

家里有一间用来圈养鸡的棚子,在房子与房子之间,靠着三面墙壁,用木头搭成顶棚,用两层鸡网四下覆盖,不管是谁看,都认为比较坚固。就这样坚固的鸡窝,还是经常丢鸡蛋,让我们一家人都很疑惑。

第五章 人间烟火

　　起初，母亲以为那母鸡可能缺钙，自己偷偷把那鸡蛋吃了。而母亲暗中连续几次"蹲点"，也没有让那几只母鸡原形毕露。于是母亲便怀疑，可能是鸡窝里进黄鼠狼了，但这种说法很快被父亲给否定了，父亲说黄鼠狼进都进不去，肯定不会看着鸡，去偷鸡蛋，而且鸡网没有什么损坏，自然是进不去的。

　　一连过去几天，这个事情还是没有着落，但鸡蛋还是时不时地丢失几个。直到有一次，我用水瓢舀了些玉米去喂鸡，没想到让我遇见那危机的一幕，两只一拃半左右的老鼠在鸡窝里倒腾鸡蛋，就在我吃惊的时候，它们似乎发现了我，但却不紧不慢地运着。它们不惊慌，我却有些惊慌，看起来它们是老手了，我急忙叫来父亲。再次走到鸡棚旁，那几只老鼠已然不见。父亲进入鸡棚里，寻了半天，找到了它们来时的路，那老鼠居然在鸡棚下方挖了一个洞，一直通到旁边废弃的羊圈中，想来这老鼠还是挺聪明的，但却不惹人喜欢，这几只老鼠的出现，让我们家进入了全员警备状态，母亲养了猫，父亲安置上捕鼠夹，我和老姐则彻底地清除了家里的杂物，以便有迹可循。

舍弃

在老家,农忙时节一过,特别是在冬季,除了在外面打工的人,故乡的人似乎总是闲不住的,会去钩帽子(用一种特殊的草编帽子)或者补皮子来赚些零花钱,贴补家用。而我的小姨可以算得上这两个活计里的高手,而这一个小插曲就发生在我的小姨家。

小姨打电话让我去她家吃肉,我询问什么肉,她说来了就知道了,走在路上我还在思考,到底是鸡肉、猪肉还是羊肉……真是让人有些期盼。

但结局总是让人意想不到,居然是一窝小老鼠,粉红粉红的身躯像极了刚出生的小猪仔。这老鼠在一摞皮子中抱窝,生下小老鼠,那天小姨恰巧补到那里,掀开皮子,老鼠便匆忙地逃跑了。经常在电视中看见自然界一些动物护子的场景,于是人们经常说"女子本弱,为母则刚",现在看来这老鼠是不适用了,可能这个老鼠是聪明且果断的,但同样也是冷酷无情的。

我对小姨说叫我来就是吃这个肉啊,小姨说,你不吃就看看或者玩玩。我说大可不必,不缺这几两肉,何况这也不是用来喂养的宠物,无用至极。于是,小姨便把这些未来的偷粮贼判以斩立决,最后被家里的大花猫处理了。

想来不管是人还是动物，都有胆小胆大之分，特别是直面生死之时，在生命面前，舍弃的东西往往会很多，人之所以成为人，我想人在选择舍弃的时候自然会有一条不可逾越的底线。

将死

出人意料的事情，总是在不可思议地发生着。有一次，我像往常一样去邻居家玩，屁股还没坐热，在谈笑之中，就看见一只大老鼠磕磕绊绊地从里屋的布帘子后走出来，像是喝醉酒了一般，全身毛发稀疏，长着几根细长的白毛，不由自主地向前走着。当然，对这只老鼠详细的外貌认识是在之后，因为当时实在是没有空去观察它，由于它的不屑一顾和大摇大摆，可能让当时的我们非常吃惊。

我大姨父（邻居家的男主人）看到这一幕，急忙寻找称手的工具，以便给这大老鼠当头一棒，可是还没等找到工具，那只老鼠就倒在地上，小腿一伸便无声息了，我心想它这碰瓷也是学到真谛了。

它真的是太老了，看起来瘦骨嶙峋，也不知道在它将死之时，为什么要选择这样一个目标。也许它是要走出黑暗潮湿，死在光明之处，也可能是它想用最后的倔强去表现一下自己的勇气，我们终是猜不透，也看不明白。

或许真的是，它在将死之时，真的有不可知的力量，当然你也可以把这想成是回光返照，于是"人之将死，其言也善"，物之将死，无所畏惧。

第五章 人间烟火

麦 香

一

当你走进北方的村落里，你会看见一大批人在田地里忙碌，那时才得知，原来秋天不仅仅是收获的季节，也是播种的季节。除了大棚里的蔬菜瓜果之外，这个季节播种的作物也不少，大蒜、小麦、豌豆、油菜……大蒜早些，豌豆、油菜晚些，唯独小麦不紧不慢夹在当中，作为北方重要的粮食和经济作物，你可以想象出小麦播种时的壮观景象。

田野之上，除了大型的播种机，那一台台手扶拖拉机带着铁质的小型播种机来回穿梭，一缕缕农用机器排出来的黑烟慢慢消散，空气中满是柴油的味道，或许是从小闻惯了这种味道，让我不免对这种味道有种亲切的感觉。每当闻到这种味道，都会在心底感慨，又到了农忙的时节。

耙完地之后，父亲又开始忙着准备麦种、化肥和那一件件不起眼而又重要的工具了，我跟在父亲身后，踱着小步，

看着父亲找寻农具，我也在那杂乱而又窄小的储物间里四处张望着，我的眼睛聚焦在了一件和土墙融为一体的农具上，我走过去，用扫帚扫掉它身上的浮尘，木制的构造尽显眼底，底部的铁质部分已然锈迹斑斑，但木头上的划痕和包浆也可以看得出它的功劳。放种子的储物箱上贴着的"酉帖子"还依旧清晰，红色的小方纸上用毛笔画着像数字三一样的符号，左右两旁各置一点，这是来自新年的美好祝愿，就像别人贴的福字一样，贴在井上、锅旁、水缸冰箱、电视上。虽说已经很长时间不用那木犁了，但父亲对这个老伙计还是很惦念的，每年都不忘给它贴上一个"酉帖子"。有些下乡来收购农俗物件的人，看见这木犁想要收购时，不管出多少钱，都被父亲一口回绝了。父亲说不是价钱的问题，这是一种惦念，更是一种记忆，承载了播种，收获了富足。

用手扶拖拉机带着铁质的播种机种小麦，还是很快的，来来往往几个回合就完成一块地。有时候要是比较忙碌或者土壤湿度合适，人们也乐意省点工夫，直接估计一亩地种植多少小麦，称出来种子，直接用手撒在田里。播种完小麦之后，如果不种其他诸如豌豆、油菜等过冬的作物，这个秋冬时节就基本上没有农活了，人们只需等待，等待一场雨的到来。

一场雨过后,那小麦便从土中钻出来了,嫩绿色的像草一般,仿佛润了一个春天,走在田间的小路上,除了秋冬的寒气,还有那遍地的绿意,在慢慢生长着。

二

人们在盼望着下雨后,又开始盼望着下雪,俗语有云"冬天麦盖三层被,来年枕着馒头睡。"一到大雪纷飞,农民总是喜悦的,年前的小麦是经不起踩踏的,这倒也成了农闲的一个原因,过了年以后,那小麦就不怕踩踏了,而且踩倒了之后会提高产量,于是这便为踏青提供了一个良好的地方。虽说没有人因提高粮食产量而故意去踩小麦,但还是有不少孩子和想要亲近自然的人误打误撞地走进麦田,给田地的主人做了个顺水人情。

三月份是适合爬山踏青的时候,单就踏青而言,每每走到田间,看着那长势喜人的青翠麦苗,抑或是闲地里重新长出的杂草,都会给人一种赏心悦目的感觉。特别是在一个有风的日子里,一些大人陪着孩子放风筝,区别于新年时候的孔明灯,风筝也是孩子的另一个乐趣,紧紧握着手中的线,在平坦的土地上来回奔跑,偶尔有一两个断线的风筝,让人侧目,那坠落的风筝伴着追风筝的人,在我看来也是一处风景,充满了童真和乐趣。自然,这放风筝

的场所是不会设在麦田上的,虽说踩一踩小麦会高产,但是也绝对受不了人们来来回回地折腾。

每年这个时节,在农村都是吃野菜的时候。每次我都会拿着铲子和提篮,跟着家人或者周边邻居一起去地里挖野菜,像荠菜、苦碟子、婆婆丁、刺芽菜都是一片一片的。当然,挖野菜也是个技术活,就拿那荠菜来讲,你需要仔细分辨,不然很容易和一种叫"剪子骨"(方言,各地叫法不一)的野菜混淆,那剪子骨是有毒的,虽说野菜挖回家是需要挑选,仔细地择菜,但还没有人那么匆忙,把那毒物采回家里。而麦田里的荠菜是最嫩最鲜的,就像是在塑料大棚里播种的一样,绿得浑然天成,不带任何杂质,但那确实是土生土长的,不带有一点人工服务,人们在获取麦田里的美食的时候,也会看看自己的庄稼长得如何,就像是自己的孩子一般。

时间是最不等人的,也是最能够制造惊喜的。一晃那小麦就长得很高,颜色变得深绿,并且在不经意间那麦子就秀穗了,带着细小鹅黄色的小麦花,微风拂过,那小花抖落下来,俯下身子,仔细端详观看,那麦花清淡无味,自然是不及桂花的香气,但抖落的时候像极了桂花雨。这个时候没有人再去麦田里折腾了,因为那小麦非常高,不知道里面藏着什么小动物,野兔、刺猬都很常见,还有那惊起的野鸡突然从身旁飞出,扑腾着翅膀鸣叫一声,真的会给人一种猝不及防的惊吓。

看来,到了什么时候就该做什么事情,到了什么季节就该吃什么东西,不去逾越,这样是自然的更替,更是极好的方式。

三

对于像花生、玉米、地瓜、大豆等这类农作物,人们往往在正式收获之前,就迫不及待地弄些来吃,或蒸或煮,让人尝尝新鲜。对小麦而言,蒸煮想必是行不通的,但却不影响人们提前去品尝它,体验收获的喜悦。

还没有等到小麦完全成熟,当小麦还带着青绿色的外衣,略显稚嫩之时,就会有人去采割,制作成吃食。我的堂姐就喜欢吃这种食物,从田里割来青小麦后,生上炉子,把那小麦放在火上烘烤,烤到发黑还略带些青色就烤熟了,然后取来簸箕,把烤好的小麦放在簸箕里反复揉搓,饱满的小麦粒被揉出,放在手中,来回抖动吹去外壳,就可以吃了,很有嚼劲,并且还带着一股小麦的清香味,堂姐经常吃得满嘴草木灰,像是很不协调的络腮胡子。

当麦芒逐渐变黄,小麦的秸秆也变得黄绿相间时,人们就开始准备收割小麦了,机器收割不用准备什么,只需

要经常去地里看看,看到有收割机就把收割机领到自己的地头上,等收割完,装到自己的车斗子里,运回家里晾晒就可以了。原来没有收割机的时候,人们还是靠着镰刀收割的,不管天气有多热也要忍耐着,抓紧时间收获粮食,正如白居易的《观刈麦》中所说:"足蒸暑土气,背灼炎天光,力尽不知热,但惜夏日长。"想来,那小麦成熟的味道,是会给人增加几分动力的。割完的麦子用麦秸打个扣,捆起来,运回家码垛,待阳光充足时晾晒,小麦的粒即将要崩出来时,撒落在场上,拉着石碾子把那小麦和谷壳分离,相当麻烦,也很费时费力。

这样的劳累,肯定是需要弥补的,当麦子彻底晒干,我们家会淘洗麦子,晾个半干,推到磨坊里磨出面粉,用那新下来的面粉包饺子也好,蒸馒头、烙煎饼也罢,都能够吃出那种独一无二的香甜,新下来的小麦磨出的面粉异常好吃,无时无刻不在挑战着人的饭量,从食物中弥漫出的香气,吸引着人的味蕾,或许那麦香是根植心底的。

姐姐是一个热爱插花的人,田里的棉花,路边的荻花,都能够成为她花瓶里的作品,摆放在家里的桌子和橱子上。当然那金黄的小麦也没有除外,成了花瓶里的风景,我想我的姐姐不仅是因为那麦子的外观,而是它带来的独特的田野气息,和它本身散发出的麦子的香气。

无独有偶，干麦子除了插花，那麦秸也是有用处的，村里有几双巧手，把那秸秆编成扇子，中间搁置上一块白纸，把两半扇面合上，用线缝合上扇子边，再把那扇子把编结实，用白线缠绕好，最后点上红色绿色的点，一把麦秸做的扇子就完成了。也见过祖父用麦秸做墩子，圆圆的像个大鼓，我乐意坐那种墩子，每次去祖父家都义无反顾地选择它，那墩子变成了我的专座，比起冬天冰凉的板凳，那墩子发挥了良好的特性，不会让人冷得磨牙，即便是到了夏天，那墩子也是受欢迎的，承载了冬暖夏凉的良好条件。不管是扇子还是墩子，都能让人感受到麦子成熟时的美好。

从种子萌芽生长的黑暗，到生机盎然的青翠，再到麦浪的金黄，整个过程平凡简单却又充满着不同的乐趣，正如这麦香，过程缓慢却历久弥香，存在于每一处空间。

栗 子

走在街道上,一听见糖炒栗子的吆喝声,就知道已经入了深秋了。街道上飘来栗子的香气,让人在深秋寒冬的深夜里,面对寒冷的风,也有一种特别的温暖。

我喜欢吃栗子,不管是煮的、炒的还是炖的,在每一个季节,都有一如既往的味道。家乡原本是有很多果树的,根据土地的状况栽种着不同的果树,基本上每家每户都种着不同的水果。我家包了一小片山种植桃树,我那时吃没吃桃就不知道了,因为当时我还不会走路,就更别提那些记忆了。但我还是知道家里还有一片栗子林,种在西岭之上,那一片土地基本都种植上了栗子树,每到栗子成熟的季节,那里也有一番盛景,承载着很多人的回忆。

每到秋天,那树叶还未落之时,栗子就可以采摘了。别看它青青的外皮,里面的果实已然成熟了,就像是一个内敛而含蓄的人,但它确实是锋芒毕露的。栗子外面穿着一层铠甲,像是染了色的刺猬,稍微不注意就会刺到身上,

第五章 人间烟火

就如同针刺一般。外祖母带我去过几次栗子林摘栗子,当然我也只是远观而不敢亵玩,外祖母用大剪刀剪栗子时,我就站得远远的,生怕那绿刺猬砸到身上,扎到肉里。摘完栗子以后,外祖母负责把那些栗子聚到一起,我则撑开麻袋,让外祖母将那些栗子装进麻袋里。往往在取栗子时,都要戴着皮手套,用螺丝刀划开,再用钳子把皮脱掉,那棕褐色的栗子就被取出了。虽说后来那片栗子林都被砍了,种上了其他的粮食作物,但并没有影响我对栗子的喜爱和食用。

喜欢吃栗子,是从小"养成"的爱好。小时候,我经常生病,肠胃不好,母亲就经常煮一些栗子给我吃,栗子炖鸡也是一个不错的菜品,那栗子还是很养胃的,这也是我喜欢吃栗子的一个原因。家里的老人,似乎也都喜欢吃栗子,经常煮些来吃,想必那种软糯香甜也是老人家向往的食品。

栗子怎么做都好吃,我唯独不喜欢吃那晒干的干栗子。干栗子也不是经常见,通常在乡下有人家娶媳妇才会遇得到。新娘子的娘家人会给新人套上几床新被,被里被面的讲究我大体不知道,但一定要在那被子的四角,缝上一串干果,大致是大枣、花生、栗子这三样,寓意着"早生子",我们去闹新房,看新娘子,也大多是冲那干果、喜糖和羊

角蜜点心去的。但那栗子属实是难吃，皮难剥，内皮粘在栗子肉上，难舍难分，并且那栗子肉还硌牙，这干栗子最大的作用和意义，也就是图个吉利罢了。

年初，在网购平台上看见助农活动，推荐给我那东北大板栗，我就果断买了五斤。快递到了之后，我才真正明白它为什么叫东北大板栗，那果实实在是太大了，在我们那里实在是没有买到过这么大的栗子，母亲把那栗子用刀划上口子，然后用水煮熟，放在凉水里过凉，就可以比较容易地脱去栗子皮了，栗子肉很大，又甜又面，吃起来也很过瘾。

对于糖炒栗子，我想不管爱不爱吃栗子的人都很熟悉，光听那吆喝声就很诱人，水煮栗子和糖炒栗子比起来，糖炒栗子是多了几分香甜的，而且内皮很容易脱掉。栗子可以代餐，但万万不可吃得太多，否则身体就会变干，然后就是消化不良等一系列问题了，物极必反就是这样一个道理。

在吃不到栗子的季节，我也会买来一些剥好的栗子肉，当成休闲食品，打发无聊的时间。有时候去街上闲逛，特别是到了点心店，也会要上两斤栗子馅的月饼，满足自己对栗子的那种想念，我想这便是我对栗子的偏爱吧！

第五章 人间烟火

一只苍蝇的结局

可能这个题目有些奇怪,我自己也这样认为,一只苍蝇也可以让我写下千字,那便是有些不平凡,我也只是看到什么,经历了什么,就想写下来,可能有些会很荒谬,但确实就是这样,如此不同而又简单明了。

——题记

当有人说苍蝇的时候,会让人不经意地想到苍鹰,这两种截然不同的动物,出生不同,结局也是不同的。苍鹰是飞翔在草原、翱翔于蓝天之上的,人们对苍鹰也是无比崇拜的,有些人会把它当作图腾,成为一种信仰。而苍蝇便不同了,人们是讨厌苍蝇的,一想到它到处乱飞,爬到食物上,就让人感到恶心,这不是有没有洁癖的问题,而是眼见为实,眼不见为净。虽说苍蝇也有自己的生活方式,蚊子也是一样,但这些动物能够让人产生烦躁的情绪,特别是在那炎热的夏季。于是,这苍蝇便成了人类的公敌,仿佛这种关系是自古就衍生下来的。

我对那苍蝇的厌恶仿佛也是来自于此，在很多个日夜里，增加了我对这苍蝇的厌恶。每到夏天来临，家里买的瓜果梨桃一多，那苍蝇就开始蠢蠢欲动了，成群结队地飞来飞去，驻扎在垃圾桶附近，垃圾桶也就成了它们生命的源泉。母亲在院子里放了很多粘蝇贴，并在一些苍蝇集中的地方喷上苍蝇药，粘蝇贴让它们深陷泥潭，苍蝇药让它们溃不成军，而且父亲还经常拿着苍蝇拍在院子和房间里找寻漏网之鱼。想来这家里的苍蝇也是不多了，可即便是这样，还是经常见那些苍蝇结伴而行，或许那苍蝇是消灭不完的。

家里的门帘是那种用成串的珠子串起来的，相邻的两串珠子之间有一点空隙，它们总是会趴在那珠子上，等待着门帘被撩开的那一刻，以便乘虚而入。我们一家人，总是在进门之前先摆动下那门帘，让那苍蝇受惊而飞走。我本以为这样就可以高枕无忧了，结果还是有好几只苍蝇飞进了屋里，我的房间里也飞进了一只苍蝇，父亲在拍客厅的苍蝇，我让他给我找了一个苍蝇拍，以备不时之需。

原本我没打算让这只苍蝇消失在这个房间里的，毕竟房间里也只有这么一只苍蝇，想来它也是掀不起太大的风浪的，但我确实是失算了，也低估了它的战斗力。起初，它也只是在我的房间里飞来飞去，偶尔在物品或墙壁上暂

| 第五章　人间烟火 |

歇，当它经过身边时，会发出嗡嗡的声音，嘈杂的声音断断续续，有些扰人，但与我而言也没有太大的影响。夜里，被这苍蝇吵醒了，它从我的脸上飞到我的胳膊上，我迷迷糊糊地用手将它打飞，没一会儿它又飞回来，就这样不断地循环往复，还发出嗡嗡的声音，让我难以入睡。

终究我难以忍受，准备采取行动，将它制服，我打开房间的灯，晕黄的灯光我却感觉不到一丝温馨。果断拿起苍蝇拍，寻找那苍蝇的踪迹，举起拍子看准时机，猛地落下，却落空了，之后几次依然如此，并且有时候当我刚刚举起拍子，它就迅速地飞走了。我考虑着，或许它应该是那蝇群里的侦查员，动作灵敏，极易察觉外部环境，还有来自我的威胁，当然这种威胁对它来说不再是威胁。我推开房间的木门走进去，耳边又传来"嗡嗡嗡"的声音，果然那个小小的黑色身影又出现在了空中，我充满了无奈，竟对这只小苍蝇束手无策。

这倒让我想起了一个人，那还是我高中时期的同桌，至今对他印象深刻，自然也是因为一件事情。他近视得很厉害，两只眼睛都到了八百多的度数，一天上课时，一只苍蝇飞到了我的书立架中的书上，当那只苍蝇刚刚落脚，他就迅速地伸出手指，将那只苍蝇直接用手捏住了，我当时是注视看那只苍蝇的，不要说当时苍蝇的感受，就是在

他身旁的我对此也很是震惊,他抓住苍蝇,我问他的第一句话就是,"你的眼睛真的近视八百多度吗?"他斩钉截铁地回复:"是的。"我将信将疑,后来的一些时候,他又展示了好几次他这神技,才让我信以为真。此刻,我是非常想让他来帮我,捉住这只让人恼人的苍蝇。

不知过了多少个日子,我终未再见那只苍蝇的身影,不知它是饿死,还是冻死,老死还是郁郁而终,但它确实是消失在一个不知何处的角落,结束了不让人安宁的一生。

| 第五章　人间烟火 |

在角落

先前写过一篇文章,叫作孤单的影子,讲述了在角落里的人成为最耀眼的人这样一个过程,可能被无视,被忘却,但自己却把这种环境当作一种有利条件,去追寻自己的光明。由此,我想到了在角落里的两种动物——蜘蛛和壁虎,以及贯穿其中的乐趣。

先来讲讲蜘蛛,越是在不起眼的地方,蜘蛛就越会选择在那里结网,占据那不可多得的领土。在农村是很容易见到蜘蛛的,特别是在老屋矮墙旁,甚至是在犄角旮旯里,都能发现蜘蛛的房产,你一不注意就能够和蜘蛛网撞个满怀。蜘蛛结网是很迅速的,迅速得让人惊奇,惊奇它那黄豆大小的肚子,是怎样储存如此多的丝。尽管它们结网迅速,那蜘蛛网还是非常精巧的,单就质量和效率来讲,如果蜘蛛的房屋可以出售,倘若也能卖得出去,那我想它应该是最富有的房屋开发商了。

但蜘蛛并不是那么勤劳的,或者说它很容易满足,除

非自己的网坏掉了，才去重新织补，平常无事的时候，就会待在屋檐下或者墙缝中，守株待兔一样，等着食物送上门。对一些小虫子来讲，蜘蛛织的网子是很坚固的，一旦落入网中就成了蜘蛛口中的食物，但要是遇到风雨，蜘蛛网便不堪一击。那时，蜘蛛便忙活起来了，开始重新织网。有时候，经常可以看见一些孩子去搞破坏，用小树枝搅断精致的蜘蛛网，那举动对蜘蛛来讲，想必也是房倒屋塌的感受，它会立即吐出一根丝来，顺着长丝从空中着陆，由此可见，那蜘蛛也是一个训练有素的跳伞爱好者。

经常在电视里看见《人与自然》里的蜘蛛，巨大的身躯和那全黑的颜色，就让人起鸡皮疙瘩，就不用说那还是一个毒物了。乡下的田地里，也有一些不同于农家里常见的蜘蛛，比如说危害庄稼的红蜘蛛，是农民非常厌恶的一种害虫，也会见到一些大家伙，来去匆匆，但看那个头，你就不敢触及，看来还是居家的蜘蛛比较友好。

说起壁虎，就让人想起蛇虫狸子（地方方言，学名石龙子），也叫大壁虎，长得和蜥蜴一样。小时候去山上捉蝎子，一掀开石头，就会遇见蛇虫狸子，像小蛇一样迅速地窜出去，让人心里"咯噔咯噔"的。壁虎有时也和它一样，来得悄无声息又异常迅速，就在不注意的时候跑到人的眼前，每次我看见它，心跳的速度也会加快。

第五章 人间烟火

众所周知，那壁虎是人类的小帮手，经常捕食一些蚊虫，它也不会去打搅人的生活，人们对于壁虎出现在家里，会感到很幸福。有一次，一只壁虎落到我的床上，把我吓得立马从床上坐起来，它看见我这个反应，它也挺识趣，又爬到墙上去了。我还在想，会不会是那冰冷的墙壁让它感到了寒冷，想让我分享给它一些温暖吗？还没转过神来，邻居家的小孩子就大喊着"墙上有鳄鱼，墙上有鳄鱼"。吓得跑出去，找她的妈妈，她领着她妈妈来到我们家，给她妈妈讲事情的来龙去脉，我们一起笑得不行，慢慢给她解释，那是壁虎不是鳄鱼。

家里老鼠还是比较多的，母亲怕那老鼠进屋，会不时地买来一些粘鼠贴，放在墙根或是门旁，有时也有几只老鼠落网，粘在上面吱吱吱地叫唤，越挣扎就粘得越紧，直至死亡。有一天早上，我突然发现那粘鼠板上，粘着一只壁虎，在我叹惜的时候，那壁虎动了一下，看起来它命不该绝，我找到两个小木棍，开始对它施救。

我用木棍把它从粘鼠板上弄下来，放到地面上，但它身上粘了太多的胶，就像是四肢僵硬了一样，动弹不得。我便用清水给它清洗身上的胶，清洗得差不多了，我就把它放在阴凉处，但它还是很少动弹，待在那里没有离开，我寻思着这壁虎恐怕是不行了，就放在这里听天由命吧，

我也是尽力了。我回屋看了一会儿电视剧,出来上厕所时,又特意走到墙角,发现那壁虎已经不见了,想来它也是平安了,我也很高兴。

有些动物终生穿梭于黑暗,在阴冷潮湿里移动,但却不停追寻阳光,正如那蜘蛛和壁虎,此等小动物,友好又可爱,在无聊的生活里,有趣地存在着。

/ 第六章 /

平凡的我们

| 第六章　平凡的我们 |

平凡的我们

　　平凡不是平庸，平凡是自我不断地蜕变和梦想的逐渐催化，对待平庸，我们从不客气，对于平凡，我们一直在践行。

　　浅浅岁月，轻抚世间万物；缕缕阳光，倾洒根根叶脉。清风带来细雨，润物细无声，繁星依偎明月，故人入梦来。我们在世间行走着，努力地活成自己想要的模样，用自己喜欢的方式做真实的自己，每个人都在编写属于自己一生的剧本，也或多或少成为别人剧本里的配角，友情出演一下不一样的自己。尝尽百味，我们在平常中走过，更在平凡里成长……

　　每个人从呱呱坠地那一刻开始，就意味着一个新生命开始崭新的历程，也促使着成长慢慢萌生。身在襁褓之时，我们在母亲的摇篮里入眠，在父亲的臂膀上观望，在记不清模样的人的怀抱中辗转。我们不知道大人在说些什么，大人们也不懂得我们的话语，如此"语言不通"，只能让

大人们通过我们的哭笑去判断我们传达的信息,依靠经验满足我们的诉求,在自己的小世界里发掘新的天地。

慢慢地,我们开始一起追着蝴蝶、蜻蜓胡乱地奔跑,也学会了撒尿和泥过家家,生涩却不呆板地模仿着大人们的音形言笑,总是能够出人意料地带来滑稽搞笑的表演,让人不由自主地开怀大笑,尽情生活在自己的童话世界,更在大自然的滋养中,纯真而又天真无邪地成长着。

我们总是盼望着长大,去探索未知的远方。也不知从何时起,我们开始叛逆,有着桀骜不驯的性格,也不明白到底是受了什么感触,突然蜕变成父母眼中的好孩子,他人眼中的别人家的孩子,或许就是那一瞬间的懂的,才配得上自己不断成长的累积。

就这样不断成长,不断拼搏,走过而立之年,路过不惑之年,洋洋洒洒满目柔情地走到人生的中年,为了家庭和儿女而奋斗,不当家不知柴米贵,在自己的孩子降世的那一天,才会真正开始体会到父母的艰辛,明白自己身上承担的责任和爱的价值。呵护着孩子成长,有时慈爱,有时也会严厉。当时不懂得父母为什么要那么做,现在想着当时自己为什么不这么做,在思考中探索自己应该怎样做,但不管如何做,不论事态如何发展,其初心和本质是想对自己的孩子负责,所以,我想事情的结果也不会太差强人意。

第六章　平凡的我们

　　我们还没有好好地看看这世界，却不知老之将至。真正成为老年人，或许才开始能够慢下步伐，静下心来，可能会带着老伴去体验没有经历过的事情，打发一下老年的时间；或者选择自己喜欢做的事情，厚植于心；也可能学着苏轼"老夫聊发少年狂"，去放荡不羁地追求自我。一如往常，用心去感受缄默的自然，享受生活的美好。

　　最后，我们收拾好记忆，封存好时间，就会奔着最不想去的但最后都会到达的地方，得到终结，从此便了无牵挂，没有障碍。

　　开始有开始的节点，结束有结束的终点，从来到走，由离到别。我们在众望所归中到来，于众目睽睽下离开，来有人迎，走有人送。唯一不同的，大抵是心情。

　　来时喜悦，走时悲伤，中间的过程是平凡的行走，掺杂了悲欢，糅合成曲折而又美好的故事，其中人生的深意和一路走过得到的道理成为永不褪色的故事，或许没有人讲，没有人听，最后也没有人知道，但却真实而平凡地发生过、存在过。

　　世界这么大，也没有两片相同的树叶，每片树叶都有其独特的纹理，深浅不一，长短有别，接受的阳光不同，经历的风雨也有多有少。你不是唯一，但你是独一无二的。

　　或许你的人生有不同的色彩，有跌宕起伏的故事，有

如约而至的美丽。或许有的人幸运些,有的人命运多舛些,人和人之间可能天各一方,也许稍有差别,但是没有被复制的人生,也没有人想当"克隆人"。

有些时候,我们把平凡和平庸放在一起,觉得两者没有什么不同,但绝非是这样,两者之间既有共性,亦有差别。我们可以平凡,但是不能平庸,平庸是一种惰态,平凡是一种心态。无所事事、满于现状的人和兢兢业业、奋勇拼搏的人终究是不同的,正如平庸和平凡。

总是会在不知不觉中感慨,看着人来人往的街道,少有的驻足期盼,都在匆忙中赶路,不问归期。在世间行走,路过千山万水的风景,在平凡中寻求不平凡才是平凡真正的含义,在平凡的世界里,我们都在努力活成自己想要的模样。

人们经常说鞋子多大,只有脚知道。自己的路有多长,只有用脚来丈量,自己的路有多宽,也只有用脚来开拓,我们只有不断地向前行走,不断地向上发展,才能拥有属于自己的生活,停滞不前,原地踏步不是平凡的我们该有的状态,相安无事不是真正的和谐,得过且过不是真正的平凡。

峰回路转,百转千回,人生何尝不是一种修炼,在世间深一脚浅一脚地走着,一笔一画地描绘着最好的自己,为了诗和远方，不辞辛劳。为了修成正果，才要坚守最本真的自我，最平凡的自我。

我们在平凡中发现一切美好，在平常中去拥抱一切美好，为了拥有美丽的心灵，成就平凡的自己。在大自然中，接受风雨的洗礼，过好平凡的生活，阳光雨露，叶落花开皆是平凡的世界对平凡的我们的馈赠，仔细欣赏，慢慢感悟，一点一滴全是平凡的内涵。

时光如流，花开有声。从幼时的无忧无虑，走过青少年的懵懂，再到中年的深思熟虑，最后历经人生最后一站，便无所顾虑了。山一程，水一程，人生一程几十载，在忘我的世界里超我，在平凡的世界里走过平凡的一生，或许，这就是平凡的我们。

水阔山遥夜彷徨

山水一程,独具风韵华殇,静夜深情,偶感离合悲欢。在人来人往的路途中体味,在空无一人的街道里感怀,水的柔情蜜意,山的险峻高大,夜的微微一笑,都让人留有难忘的情愫。

最能让人心情舒畅的事情就是能够和伴侣一起游山玩水,徜徉于自然之间,听鸟鸣,嗅花香,看溪流……在大自然中忘我,才是真正的自我。总是会有一种感觉,在山水之间,在夜色之下,留有宁静淡泊般的微醺,让人心静神定,徒增日月之美。

仁者乐山,智者乐水,细细看来,夜色中的山水也别有一种雅致,给人一些雅兴。山水走乱了四季,日夜在思念着知音,谁都有谁的心事,谁都是谁的风景。或许,我们本与一些事情毫无关联,一些人本不相识。因为向往的生活,自我的追求,才有着一个个美好的邂逅,与山一同,携水而来,在寂静的夜里深情告白。

第六章 平凡的我们

家乡在群山包围之中，像是含苞待放，略显娇小。家乡的山，没有那么高大巍峨，在地理上讲只是丘陵，和真正的山比起来个头明显不足。你可以瞧不起它，但你确实需要抬头仰望，当你身临其中的时候，才会感到自己的渺小，一览无余更是一望无际。

童年时少不了爬山的乐趣，和朋友顺着陡坡窄路，嗅着草木清新的气味，一起登山望远，累了就席地而坐，天然的石板凳，遍地的花草都可以是你休憩的自然之物。我们爬山不用带水，清甜的山泉在四季忙碌，用手捧回心里，用心品尝轮回。

虽说山不是很高大，水不是很宽广，却有它独特的吸引力，让我们在每个季节都有游山玩水的乐趣，春有春的嫩绿、夏有夏的野花、秋有秋的野果、冬有冬的白雪。特别是秋季山上的酸枣，成为口中回味的童年，脑海中沉淀的记忆。

当山水走进夜色，显得更加幽静神秘，在迷离之中，宛如一幅山水画卷。而自己好像就是画中人，在画中行走，于画中作诗。

恰逢一老友，我们相约一同散步。已是冬天，连风也瑟缩着自己的身躯，走得匆忙。我们两个人捂紧衣襟，不约而同地说了一句："这天真冷。"话音还未落，就听到"扑

通"一声,一位老大爷在那东洳河里冬泳。常听到老人说,"老了老了,不是以前年轻的时候了。"但透过一些事情,我们可能会懂的,老的不是人的心态,心态年轻才是真正的年轻。

晕黄的灯光倾洒在宽阔的水面上,像是沉在水底的金鱼,这灯,映照着山,衬托着水,照亮了夜。我沉浸其中,不由自主地说了一句,"这夜,真美!""是呀,这夜色真美,这夜的美在于掩盖了这世间一切肮脏",朋友若有所思地说道。一时间,我竟被他这句话的意蕴折服。

细细想来,确实有些道理,但黑夜的沉寂更像是无声的等待,在等待破晓的声音,等待阳光倾洒。

山水一程,夜色之间,谁伫立在桥头,谁又在街头彳行,不由得让人去猜测过往的故事,谁在山水之间踟蹰,又是谁在夜光之下徘徊,留下满行透漏心扉的诗文。我们在画里走过,在画里寻诗,满腔热血,一身孤勇。

续写的故事,吊着人的胃口,未知的结局,印在人的脑海。终有,水阔山遥夜彷徨,终会,你知我懂梦玲珑。

| 第六章　平凡的我们 |

孤独是我们最好的朋友

你有你的过往，我有我的故事，不必刻意地装深沉，留下莫名的怅惘。无须寻求自我的封闭，我们本就和孤独为伴，并且过得很好。

独行、独处、独乐、独醉……我们有太多时候独自一人，在不知不觉中度过美好的时光，定义自己的人生。独身一人，是真正的形单影只，但孤独的美丽，足以让你与世界相拥。

在喧闹的环境里，走在车水马龙、人山人海的街道上，不免有些拥挤，有些心烦意乱。在这个时间里我们非常想寻求属于自己的一个空间，找一个咖啡厅，或是一家书店，静听时间走过，逃离喧嚣的侵扰。当我们自己一个人待久了，想做点什么又不知道该做点什么，时间也仿佛变慢了，无聊得有些头疼，莫名的孤独和伤感袭上心头，别是一番滋味。于是乎，我们想着抛开孤独，去寻找热闹的人群，摆脱寂寞的难熬。

我们时常把孤独当作必需品，很多时候也将孤独转化

为替代品，我们需要时信手拈来，不需要时弃置不顾，它还是依旧随叫随到，不伤感情。孤独是我们最好的朋友，陪你发现美好，和你度过黑夜，无怨无悔也不知疲惫。

我们分不清谁是谁，谁又不是谁，自始至终，我们和孤独仿若一体，存在着微妙的关系，让人捉摸不透。其实，我们并不是单一无色的，我们在孤独的时候并不孤单，我们有孤独为伴，只是在孤独的时候遗忘了孤独。

陈果在《好的孤独》中写道："狂欢是一群人的寂寞，孤独是一个人的狂欢。"我觉得她说出了真正的孤独。好的孤独，孤独得好，这是一种境界，更是人的自然常态。孤独的人感受到孤独，并能够真的懂得孤独，你才真正地发现和你形影不离、最好的朋友。

谈到这里，或许有的人开始产生疑问，是否自闭症患者心里住着孤独的好友，并为他舍弃了整个世界呢？我想说并不是这样，他的身旁是留有孤独这个朋友，沟通的障碍，影响了心和心之间的感应，我们需要成为他们的好朋友，带着他们去慢慢感受，让他们鼓起勇气面对孤独，成为孤独的朋友，或许很难，但他们身边的孤独不会放弃，在满怀信心地召唤着他们，在某一天，获得重生。

我们往往会在孤独的时候，放下执念，袒露自己的内心，听心里说的话。你心里想的，孤独都知道。孤独会把信捎给下一秒，给你的愿望挂上号，让你在冥冥之中有着一种期许。

在时间里等待，没有往返的时间，模样在不断变化，相机记录下初始化的对象，孤独在不觉之中被真情流露，慢慢擦拭明亮的眼睛，逐渐意识到孤独的朋友，有种相见恨晚的感觉，孤独不伤心，我也很庆幸，这般美好，不用诉说。

耐得住寂寞，才能守得住繁华。寻着孤独的脚印，用心去感受，和孤独做朋友，一起度过寂寞的时候，让寂寞不寂寞，才耐得住寂寞，孤独是好的孤独，孤独是我们最好的朋友。自言自语不是自己和自己说话，可能是与孤独在谈论，看似心不在焉，实则心意相通。

漫漫人生长路，孤独不曾离开，更不会落下。不论我们在什么时候发现它，都会是最好的安排，在最恰当的时间陪你和世界相拥。孤独是我们最好的朋友，不管是否懂得，请你慢慢感受它，理解它，善待它。

洒脱生活，是一种乐活能量

我常常在不知不觉中，进行自我研判和思索，每每有种莫名的感觉，自身被外在的形体拘束、关押甚至判刑定罪。总是会因人由物去做一些自己不喜欢做的事情，以达到预期的结果和如约而至的赞美，但对我们来讲，这也算得上是一种身心上疲劳，是不期望、无期许的背负。

倘若做到生活的不拘谨，自我的不放纵，就真正做到洒脱地生活，拥有乐活的人生。

总是想拥有洒脱的生活，不必猜疑，耗费心神地纠结，洒脱也是一种自然。对于洒脱的生活，我不是一时兴起，而是一度着迷，向往并追求着，就连我的笔名也是"不羁"表现出自己向往的生活。不论生活怎样变幻莫测，人生应有洒脱的态度。

初识老赵，是我在刚刚进入高中校园的第二天早上，还没完全适应新的环境，我和我的室友迟到被老赵抓个正着，被思想教育一番。老赵皮肤黝黑，又高又瘦，脸上略有皱纹，显得他更加严肃。

老赵是我们那所高中的副校长，主要分管教育工作。在我们得知老赵要"空降"我们班做语文老师时，曾经引起了我们一度的恐慌，我们迫切希望我们所听到的这个信息是虚假的，是偶然下的失误。

当老赵真的来到我们班级做语文老师，我们便舍不得让老赵离开我们了。

他的课堂充满很多的未知和惊喜，他讨厌死板和老气横秋的感觉，所以他从不按照课本墨守成规，总是能见微知著，在让人想不到的地方入手，有理有据地论述。

每当提及课文有关的视频、电影、音乐等内容时，他总会问问我们看没看过，听没听过。而我们总是异口同声回答"没有"，他也不厌其烦地给我们播放，让我们随心随性地去听、去看、去感受。

老赵是个军事迷，经常把时政军事，科学进展等新闻，整理编辑打印给我们，当作我们的阅读资料，我们在不知不觉中开始喜欢上这种形式，慢慢开始对时事新闻产生浓厚兴趣，进而养成了一种习惯。

文学是老赵不可或缺的精神食粮,幸得成为老赵的学生,不断给我们挖掘文化宝库,给我们普及生活常识。老赵谈古论今的学识,使我们心智成熟,让我们充满未知的人生路过每个花开的季节。

说起老赵的嗜好,烟算得上是他的生活必需品,但老赵从不当着学生的面吸烟。老赵定然不是个嗜烟如命的人,但在他的吸烟史上也发生过一件奇事。听说,是在当时竞选副校长时,他的竞争对手写了一封实名检举信,称老赵有吸烟的不良嗜好,不该参选。最后,老赵还是成了副校长,面对低头不见抬头见的昔日对手,老赵对自己吸烟史上的重大事情只字不提,不去计较,没有快意恩仇的抉择,却有风一样洒脱的姿态。

我们面对嘈杂的社会,不免有些时候心烦意乱。精神被琐事消耗,心情也变化多端,究其根源,其实是我们自己没有把心态放开,为了生活而生活,心事放不下,便任由着世事摆布,罪魁祸首是自己对待事物的优柔寡断,看不开、忘不了、放不下。

这是一种力量,更是一种乐活能量,洒脱的生活,快乐的生活。去留无意,确实是一种境界,豁达乐观也是一种格局。

洒脱生活是我们应该去追寻的生活,是精神的供给站,是人生的充电宝。我们应当活得洒脱,做到对前方不畏惧,遇困难不退缩,待世人不拘谨,看万事不纠结。

我在感悟着人生,追求着自我,学着洒脱,学着生活。

日月星辉，自有天地

空闲时间，陪着母亲去亲戚家，路上遇到一个卖桃的小贩，桃子又红又大，母亲问我吃不吃，我还没有回答她，她就停好电动车开始讲价。

我站在一旁，看着母亲仔细地挑选着桃子，若有若无地听着母亲和小贩之间的对话。就在这时，一个蓬头垢面、衣衫褴褛的姐姐冲了过来，母亲转过身去，她"扑通"一声跪倒在我母亲的身后，"咚咚咚"一直在磕头，我惊呆了，站在那里一动不动。

小贩倒是眼疾手快，骑上小三轮就走了，比见了城管还迅速。母亲也很"利索"，骑上电动车，走出十几米才记得停下车看看我，直到她的家人出来给我们道歉，我才回过神来，她的家人有些无可奈何，彼此看了对方一眼后，便负重而又坚定地走回了家。

我和母亲皱起眉头，不由自主地感到一丝怅惘，就连小贩都感到不知所措，倍感煎熬。此刻已经有很多人站在街头，望着我们谈论着。

有个大爷忍不住问："出什么事情了？"

一个大婶回答道："王宁又犯病了，发疯了。"

大爷摇摇头："遭罪啊，一生下来就这样，以后如何过活。"

另一个大爷说："虽然她神志不清，但她没有伤害他人，懂得什么是好，什么是坏。"

话音未落，王宁又跑出来了，跑进一个小巷子里，不一会儿便带出一群小孩子，一同嬉戏。过了一会儿，有两个七八岁的小男孩跑过来，用树叶和枝条往王宁的身上扔，一边扔还一边喊着"傻子""神经病"这种话，王宁没有任何反抗，只是不停地大叫，众人正要驱散他俩，不知他们谁的妈妈出来了，空气当中弥漫着足足的火药味。

"你们干什么啊，不就是闹着玩吗，小孩子知道什么，一群大人欺负两个小孩子有意思吗？何况童言无忌。"

一个二十岁左右的青年走到她跟前，说："不管是谁，无论如何，每个人都是平等无差别的，不分贵贱，不论年龄。我们可以靠近她，但不能伤害她，可以无奈不能无情，她也有自己的认知，自己的世界。"

男孩的母亲带着那个男孩羞愧地走了，就像冬去春来，悄无声息。

小时候的一件事让我仍然留有很深的印象,那是关于一个远房亲戚小凤的故事。

我也不知道她是什么时候嫁到我们那里的,对此好像毫无印象,她和婆婆关系并不融洽。一则是因为她婚后只生下了一个女儿,二是因为她有时候真的会犯病。

一开始,他们家庭之间的关系也没有这么糟糕,在小凤前几次犯病之后,她的家人也是花了不少钱去医治,但结果总是差强人意,治疗以后好了再犯,动了手术也撑不了多长时间,因此她的家人对她的态度也变得恶劣了。

小凤是一个很善良的人,不仅仅是待人,对待动物也很好,有一次她看见一只刚刚会走的小猫在马路上停顿,一辆汽车从坡上而下,眼看着小猫即将被撞,她飞奔过去抱起小猫,汽车刹住了,她被蹭倒在地。

车主摇开车窗,冲小凤大叫道:"你不要命了吗,神经病吧!"

小凤拍了拍身上的尘土,望着怀里的小猫,平静地说道:"你开你的车,我走我的路,但请不要剥夺这个生灵生存的权利。"

小凤最后一次犯病,竟成了人生的终结。小凤犯病之后谁都不认识,在家里大闹一番之后,被婆婆赶了出去,她也不认识人,更不认识路,就这样一直走,漫无目的。

她的婆婆以为她不会走远，等她疯劲过了或者是自己饿了就会回来了，谁知道竟然一天没有回来，出去找也毫无音讯。

直到被人发现，已经过去了两天，小凤瘫倒在地，嘴里全是土和沙子，家人赶紧送她去医院洗胃，还没有洗完胃她就离开了。

我在大学里也见过一些类似的学生，每次遇到他们，我都会产生一股莫名其妙的感觉，不知怎的，有些不敢抬头。

或许有些幸运儿，生来衣食无忧，我们空有羡慕，但对于王宁和小凤来讲，我们却是她们眼中的幸运儿，有时却难以留存，丝毫的温柔和善意，以至于真正的幸福也从身边溜走。

应该还有很多像王宁和小凤一样的人，虽然他们头脑荒芜，但是他们内心完整，我们眼中看不见的问题，他们的心里置有明镜。

放下成见，抛弃歧视，留存温柔和善意，无形的牢笼被打破，在每一个人的脑海中，更在每一个人的心里。

日出月落，斗转星移，自有一片天地可以留存；顾影自怜，有谁相依，静待花开花落也是风景。

先来后到，后去先走，没有规则，却又熟视无睹。

　　日月星辉,自有天地,让我带着真情深情地拥抱你,让我们温柔地对待这个世界。

/ 第七章 /

只言片语

第七章 只言片语

只言片语

写在前面：我想，每个人都是一个极具文学天赋的人，在某些不为人知的时候流露出原本拥有的锋芒。普普通通的时间，极具平凡的人儿，往往也能用一句简短的话，一段不同的词，打动人的内心。我们都是一个平凡的人，在展露出自己的锋芒之后，不断向那光芒走去，于是便不断前进了。

而这之间的只言片语，往往藏着些精华，在一个偶然的机会，我突发奇想，不如也把这些零碎的话语汇总成文，相互的交谈，是触及更是感悟。当然我们围绕一个话题讨论聊天之余，只是代表着自己的观点，抒发的也是自己的情感。况且这毕竟只是一家之言，也无须斤斤计较，有的东西没有真正的对错，更没有真正的输赢，有些东西只要合乎心意就好了。

要看见朋友圈里一句有深意的话，私下里找到那个朋

友和他聊那个观点,那个过程是非常有意义的,我在那刻起觉得这种聊天是一种成长,也是一种享受,更是一种快乐。随后,我便喜欢在闲暇时刻,愿意拿个题目出来聊聊,由题目逐渐展开,能够聊到哪里就聊到哪里,全凭心性。而下面的这些小短文,都是很多个日夜里畅聊的结果,被整理在此。

一

第一篇文章就是我和别人第一次选择以这种方式交谈,朋友圈里写着:花死了,浇水还有用吗?一看见这个问题,我就对这个话题充满了兴趣,我便找到这个朋友,邀请他一起谈论这个话题,他也是有所期待的,便爽快地答应了我的邀请,于是便有了接下来的谈话:

我:我认为再去浇水是有用的。

小雨:花死了,心便死了,浇水便无用了。

我:只要人心不死,花死了又何妨,况且只要还能浇水就未必毫无用处,你不知道或许在浇水处还会生出一株深解自己本意的草,因荷而得藕,无花而生草,不是必然,恰恰偶然,也是一种缘分。

小雨:可是我要的是花,最后的结果却是草,这草对我而言是无用的。花死了，我对它的期待也破灭了，花死的那一刻，我的心也死了，所以我不再去期待花开，甚至是花落。

我：有心栽花花不开，无心插柳柳成荫，人来人往不是定数，皆有变数，不应该强求，我们只是尽人事，听天命。

小雨：我本将心向明月，奈何明月照沟渠。我不信天，不信命，我信我自己。如果花死了，那便是它辜负了我，就算它还能活过来，它也不值得让我等它了。

我：花死了和养花人有很大关系，有时候并不是花辜负了你，而是你结束了花。花是比人更期待着花开的，你的那些等待对花而言又何尝不是等待。山有木兮木有枝，心悦君兮君不知。这世间花草本是一体，你不必说要草有何用，花草花草，两者是分不开的，有花或者有草都能幸甚至哉。浇水不是执念，而是一种期待和盼望。

小雨：我缺的是花，可是花缺的不是我。

我：那你便去寻草，草期待的是你。

小雨：花死一次，说是期待，也不是期待。期待它复活，可是又怕它复活了又离开，所以我不希望它复活。没有期待，清心寡欲，这样最好了，而且，就算它活过来，也不是原来的样子，原来的感情了。

我：人活一世，没有期待，却也无时不在期待。老树生新芽，本就不是原来的躯干，但却比原本更具未来。被伤过一次就不拥抱爱情了吗，那或许是还没有遇到真正对的人，这样就不是一种坚守了，而是一种怯懦。

小雨：爱情和花都不是。正如北宋欧阳修所写的《生查子·元夕》一诗："去年元夜时，花市灯如昼。月上柳梢头，人约黄昏后。今年元夜时，月与灯依旧。不见去年人，泪湿春衫袖。"无奈亦无情。不管过去怎么样，幸福也好，失落也罢，人都不会再回到以前了，时间在不断改变着，正如这不断变化的人。不是说，被伤了就不去拥抱爱情，被伤了，仍旧渴望爱情，只不过，不是渴望跟那个人的爱情。

我：没有人说过去，那草也是后来生长出来的。花枯人走，本就不应该渴望原来，而是要希望未来。花死了不就是代表人走了，那草便是你浇水后生出的，正如你期待的后来人。

小雨：我喜欢的是原来的他，并不是以后的他。未来可期待，但期待的不再是那个人了。

我：在你看来是因为他变了，你对他的感觉才改变的。所以你应该放下了，开始孕育新的生机，遇见那个对的人。期待的不是过去，而是未来，过去已经过去了，就没有什么可以期待的了。

小雨：所以说呀，我应该换一个花盆。因为从原来那个花盆里就算生长出来的话，我也会感觉有之前的影子，在这里种花死过，伤心过，那就不会再在这里种了。

我：在一个相同的地方遇见不同的人，而那个人是你喜欢的人，他也喜欢你，彼此相爱，若他第一次出现在你的伤心地，你就果断拒绝吗，这种拒绝想来还是因为自身的不喜欢，正如那枯去的花，长出的草，还有那即将被丢弃的花盆。

二

没过几天，小雨又兴致勃勃地带着话题来找我交谈了，这是小雨之前的一段话：泡了一桶泡面，泡好了，发现很难吃，那我到底该吃不吃？为此我们又聊起来了，我认为不吃，小雨觉得该吃。

我：自己何必为难自己呢，跟谁过不去也不能跟自己过不去，有些事情不必强求，民以食为天，吃饭是一个重要的事情。难吃就不必再去吃了，难吃和过期没有什么区别。

小雨：你选择了它，这便是自己种的"因"，而这"果"就要自己去承受。有些事情，是有始有终的，既然选择了

这条路,要义无反顾地走下去。

我:那自己买的食品过期之后,按照这种因果关系,也要自己食用吗?有些路是要义无反顾地走下去的,前提这是一条正确的道路。倘若不是,如果一条道走到黑,那便是误入歧途了,不撞南墙不回头,再回头已不能悔,这也是因果。曾经有些时候,我想着哪有什么不撞南墙不回头,可那南墙啊,长在心头,也撞疼了心。即便是走错了路,还有很多岔路口,你还可以改道,但若不愿改道,不愿回头,那便去撞南墙吧。

小雨:我买的,我花了钱,那泡面就是我的,即便我吃进嘴里然后再吐了出来,那也是一种享受,不是吗?反正我认为应该吃下去,哪怕不尽人意,然后再扔了,我也要尝一尝它的味道。

我:已经觉得难以下咽了,已经知道难吃了,还要尝什么味道?而且难吃的东西强求自己吃下去不是享受,而是折磨。

小雨:或许我就是那种心眼儿比较小的人,我就算折磨自己,也不能轻易放弃。

小颜看了我们的聊天记录说:你们两个人,一个人认为不该吃,一个人认为该吃,但又说即便吃进嘴里然后再吐出来,也是一种享受,吐出来是真正吃下去吗?在我看来,是应该吃的,我的理由很简单,我们应该节约粮食,不能浪费。

我:即便我认为不应该吃,也不代表浪费了粮食。比如我不喜欢吃辣椒,身旁的人肯定有喜欢吃辣椒的人,自己不喜欢吃,或许别人喜欢吃,送给别人又何妨,赠人玫瑰,手留余香,况且仅仅是一碗泡面,而且是不喜欢的味道,没有勉为其难,只有成全善意。

小颜:并不是每个人都能成全,都想成全,其实我们也可以尝试去适应这个口味,环境在不断变化,我们也在不断适应之中,环境都能适应,这味道就不值一提了,学着去适应也是一种成长,适应之后,那味道可能就会成为你的专属。等到你实在找不到任何能够说服的理由时,那便舍弃吧。

三

在这篇小文里我要先介绍一下与我闲聊的人,她叫小梁,作为她的朋友,我认为她是一个极温柔且文艺的女孩,总能在她身上看到不一样的光芒。我找她聊天,谈及"让步是不是一种温柔",我没想到她一下发那么多的文字,

而我也随她的文字慢慢回复着。

小梁：小时候，我很固执。觉得世界界限分明，非黑即白，于是后来很多的坚持都变成了我不能和别人和解的原因。我学会了让步，遇到不可解决的事，遇到不该爱的人，我尝试放弃，放过自己也放过对方。我努力地劝自己不要告诉任何人关于自己的磨难，我总是怕自己与世界的棱角直直地碰撞，可是人生总是在避难，总是在解锁，我不能总是放任自己鲜血淋漓，于是现在我可以温柔地与世界相拥而眠。

我承认自己正在变成另一个自己，她比以前更假，更虚伪，可是如果我的假意和解能让我活得不那么磕磕绊绊，我何乐不为，这个世界本就亦真亦假，虚伪不堪。我们都在负重前行，如果让步，能让我们变成另一个温柔的自己，别人眼中闪烁的光芒，本就难得。

她发完这条信息，我回了一句"我不会回答了"，她忙着问我："是我理解错了你的问题了吗？"我连忙解释道："不是，是你说得太好了，让我无从下手。"

我连忙构思，回复道：想来让步是带着一些不情愿的，让步是人们的退让。如果说温柔需要一方牺牲，我想这并不是真正的温柔。虽然人们常说退一步海阔天空，忍一时风平浪静，或许让步是解决问题的一个方法，但我想并不是一种温柔的方式，对自己狠心，不是一种温柔，对别人的温柔也不是真心的。而这种温柔的背后是无助，也是失落，往往还包藏着一丝的不甘心，让步本身就不是一种温柔。

小梁：我更想告诉你，让步不是我的退步，更无所谓的甘心或不甘心，我只是想与这个世界温柔相拥。年轻的时候，我总以为做一件事的结果要有输赢，爱一个人最后要得到，于是我莽撞，于是我横冲直撞，最后剩下的是一个人的盛宴。可我每一天都在长大，我遇见过寂寞孤独后，想要的是一群人的狂欢。

我：寂寞也好，狂欢也罢，这个世间总是存在孤独的，即便是狂欢也不过是一时的快感，往往在狂欢过后，会让人更加孤独，而适应孤独或许也是享受生活，当然人是需要为自己活着的，没有必要跟自己过不去，正如让步一样，能让便让，不能让就不让，没有必要获取那徒有虚名的温柔，自己完全可以活得更加温柔。

小梁：让步与进一步不是狂欢与孤独的辩证，欢乐是我选择温柔一点，这个世界给我的馈赠，十八岁之后的每次张扬，我都会收获到相应的难堪。我开始意识到，我要随着世界的脚步，那样能让我活得舒心一点。我不会再为

了一点利益与别人争得死去活来,我宁愿损失不属于我的东西,换来周遭的安静,也许是像他们说的,属于你的自会回来,不属于你的再久远也会失去。

我:失去与得到,我想最大的原因是在其本人,人总是在得到本不属于自己的东西,失去属于自己的东西,只有这样说,那失去才是失去,得到才叫得到。在很多时候我是不愿让步的,这在别人看来,或许是一种固执,或许正是这种固执,还在我的心里留存一丝温柔,哪怕议论纷纷。

这个聊天就在这样的状态下结束了,夜深人静时总能够流露出一些真情,和朋友聊完天后的第一个晚上,她告诉我,她那里下雪了,给我拍了两张照片发过来,那雪纷纷扬扬,衬着灯光夜色,甚是好看。谁不想做一个温柔的人呢?在这个需要温情的世界里。

四

这是同我之前玩得不错的朋友之间的交谈,她叫子钰,她还有一个姐姐叫子玮,我们三个在上学时认识的,一直关系不错,真的如同亲兄妹一般,无话不说。我之前写文章,都是子玮、子钰帮忙修改的,她们喜欢读书,特别是在每一个空闲时刻。我占用了子钰的读书时间,邀请她一起聊聊"深情是一种病"这句话，我是同意这个观点的，子钰有另一番看法，于是这个交谈便如期如愿地开始了。

我：深情是对人太过专注的，恐有些无法自拔，难以脱身。深情是一种病，病在内心，伤在情感。一些爱恨情仇，缘由大多是人太过深情，便陷得深了。我想深情是需要安全感的，但这种感情上的安全感随时都可能崩溃，相忘于江湖是不能得到的结果，于是便有了心结，太过深情便将自己推入悲剧之中，沉入苦海。

子钰：在这个快节奏的世界，深情正是我们所缺少的东西，对某一个人，某一件事情，某一样东西与其他人，其他事物，其他东西相比更深的感情，我觉得是值得鼓励的。

深情不是一种病，深情的人更懂得珍惜感情。就像谈恋爱，我不愿意选择在很短的时间内有很多段恋情的人，因为我会感觉他的感情很廉价，深情才是交往中珍贵的东西。现在很多人不愿意把自己的真实情感表露出来，我觉得这才是一种病。

深情是需要安全感，所以我们更要学会选择，要看清哪个人值得我们付出自己的深情。深情是一个可贵的品质，如果你害怕得不到对方的深情而不去付出，那这样的人生还有什么意义呢，大家都缩手缩脚地交往，双方付出的感

情都比较少,这样的爱情会让人很累,没有深情的话哪来的真爱呢?

我:我想最深情的人是最薄情的,正如越希望得到爱的人越没有爱,而自以为感天动地的深情其实是一种偏执,带着不可名状的虚伪,歌曲可以深情演唱,书稿可以深情朗读,唯有这人生不能深情走过。或许对爱的人深情是一种幸福,直至走入婚姻的殿堂,可这之间你是否还对别人动心过,怀念过,深情着?还会不自觉地想到某些人,某些事,甚至是某些时光。那这种深情无疑是可悲的。

子钰:当我陷入了某个人、某种东西、某件事情的时候,我就要完完全全地付出。至少在失去的时候,我不后悔自己没有好好地把握,我的深情会教会我怎么去付出,会让我更加理智地去挑选自己的真爱,因为我的深情很珍贵,不是每一个人都可以得到。

我:你的深情是需要留给对的人,留着去做对的事情,否则,你的深情在不珍惜你的人看来一文不值,甚至还有些廉价,这种深情是辜负,也是无休止的纠结。或许,每一个深情都不该被辜负,但这种辜负还是时常发生着,让人倍感煎熬,到了后来,你会思考自己是否还该深情,在一个薄情的世界里。现实和想象的不同,便再也不敢去选择,因为你害怕深情过后的薄情寡义。

子钰:我确实害怕付出的深情得不到回报,但我不会因为害怕就不去付出,也许我的深情在不喜欢我的人面前并不值钱,这有什么呢?我知道我自己真正的感情,我知道我的深情并不虚伪就够了。

就算我在别人那里因为深情而受过伤,但是这丝毫不影响我带着我饱满的深情去爱下一个人。如果因为你的深情没被上一个人妥善安放,你就对下一个遇到的喜欢你的人不付出自己的深情,我感觉这是对下一个人的不尊重,也不公平。

交谈的结尾,子钰说她接不下去了,她觉得我的说法也有道理,我有同样的感觉。

五

这是和小梁在下雪的那天晚上的交谈,她看着雪景,我望着月光,可能是都来了兴致,竟不觉夜已深。那天晚上的话题是:离开是不是一件突然的事。

我:我觉得离开是一件突然的事情,不知道那人是何时离开,也不知那人去往何处,熟悉的人变得陌生,相识的人从此不相知,那种情况让人的大脑一片空白,

仿佛自己身处一个骗局之中,无人诉说,也无意去诉说,因为这对我而言,是突如其来的失望和悲伤,更是不能预料的突然。

小梁:我的离开,是因为攒够了失望,我一直觉得自己是一个专情的好人,哈哈,我对自己有着清醒的认知,当然也会对你有所认知。我等过,努力过,坚持过,付出过,我觉得为你我已经竭尽所能,可是如果你一直带给我的不是快乐,我很累,离开就是必然的了,没有一个人对另一个人的离开是突然的,除非你真的没有付出过真正的情感。

我:但确实存在着这样一种离别,背负着欺骗。或许最初的誓言没有变,但时间在改变,人也在改变,人的改变不仅仅只有一方的改变,另一方的转变也是惊人的,有些人喜欢拿别人去对比,对比好坏,对比高低,对比贫富,或许真的是良禽择木而栖,但请不要飞上我的枝头,聊着毫无意义的故事,我不是你的踏板,请你定好位,择木而栖,不要让离开变得狼狈和无情。

小梁:我不清楚我的离开带给你的影响如何,我记得以前的美好,我记得以前的不堪,最后的事情我不去了解,我是不想离开的,是你一遍又一遍给了我离开的理由,我的离开是经过时间的沉淀与思虑的,不是道德式的自我感动。

我:或许我又要讲一个极端性的例子了,当离开成为永别,就是永远地离开了,你就会明白那是突然的。我亲身体会过,亲人的离开,来得猝不及防,或许就连离去的人也感到突然。

小梁:我从来不觉得死亡是离开,他们只是去到了更遥远的地方,那个地方也是我们要去的地方,既然终究会在某一处相遇,那就不算离开。我离开你是因为我对你的情感依赖耗尽,你离开了我的心,永远。

我:即便是离开了你的心,也是有机会相遇的,这种离别不也算是没有离开吗?离开就是离开,不关相遇的事情,若在茫茫人海中还能相遇,那便是冥冥之中的注定,且把它看作成缘分未尽吧!

小梁:世界很大,大到如果刻意不相遇,就真的不会相见。如果我们死生不复相见,真的就算离开了吧!离开本来就是一场预谋,我的预谋已久,我是真的曾经用力爱过的,是你耗尽我所有的好脾气,离开就成了彼此的解脱。离开不一定是坏事,也可能是释怀。

六

第六篇小短文是和子玮之间的交流,谈论的是我在朋友圈看到的一句话,说的是"人的悲喜互不相通"。

子玮:在鲁迅先生的杂文中鲁迅先生说道:楼下一个男人病得要死,那间隔壁的一家唱着留声机;对面是弄孩子。楼上有两人狂笑;还有打牌声。河中的船上有女人哭着她死去的母亲。人类的悲欢并不相通,我只觉得他们吵闹。

没有真正的感同身受,有的或是同情或是怜悯,每个人都沉溺于自己的生活,人与人之间的悲欢是独立的。并不是所有人都会理解你,就算是跟你最亲近的父母也有看不懂你的时候,他们或许不了解你追星的快乐,或许不了解你失去心爱玩偶时的悲伤。大千世界,熙熙攘攘,人类的悲欢并不相通。

我:我认为人的悲喜是互通的,悲伤和欣喜这两种关系就如同背靠背一般,你永远不知道悲伤之后是什么,也不知道欣喜当中孕育着什么,当你走过,仔细回望时,你会发现,在一个大的空间里,这悲伤后是欢愉,欣喜中有悲伤。有些时候,那种感觉存在于无形之中,仿佛是冥冥之中注定的,就像甜和苦一样,不能一直品尝一个味道。

子玮：每个人都有自己独特的感受，对喜欢的人那种独特感觉，对喜欢的物的独特感受，相反，也有对不喜欢的人、不喜欢的物的独特感受。人的思维是跳跃的，或喜或悲，都是一种感觉，因为这是存在于独立的人的意识中的情绪，不能模仿，也不相通。

就像学习成绩，有人成绩名列前茅，有人在下游徘徊，或许名列前茅的同学会同情在下游徘徊的同学，但是这只是同情，并不是悲伤。这种同情是短暂的，或许转眼就会消失，而那个成绩糟糕的同学只能自己孤单地享受这一份悲伤。所有的感情都是自己的。

我：这个世界就是这样，物极必反，乐极生悲，自然悲伤过后也会有欢愉，这不是一个规则，却又如实运行着，正如这狂欢过后更显孤独一样。人的悲喜就以这样一种方式存在着。

单拿个人来讲，学习好的人取得好的成绩，引以为豪，心情自然不错，但并不能驱散让人悲伤的事情，而因成绩悲伤的人或许也有让自己开心的事情，同时发生着。就像俄国列夫·托尔斯泰《安娜·卡列尼娜》第一章第一句话："幸福的家庭都是相似的，不幸的家庭各有各的不幸。"没有永远的幸福，不幸也终归不是永久的不幸，彼此相同，

如悲喜一样。

子玮：是的，我认同乐极生悲这个说法，但这是个人的感受，与别人无关，孤独是一个人的狂欢，自己的情绪只能自己调整，经历多了，自然而然会把更多的悲欢喜乐看在眼里。

这就好比要讲一个打动人的故事，最有效的方式，就是把故事变成发生在听众身上的事情，最起码要让听众觉得这事情有可能发生在自己身上。人类的悲欢并不相通，只有自己经历过才可以感受。

我：范仲淹曾说人应该：不以物喜，不以己悲。可真正能够做到的人，想必是没有几个，我们不去评判伟人，也不必去看过去的人和事，就拿自己来说，也是有困于心，乱于情的时候，我们常因物喜，以己悲，人的心情关系物的悲喜，物的悲喜也感触人的心情，睹物思人不如说是睹物思己。

子玮：人的意识领悟向来是神秘不可测的，而基于此，特定衍生的情感更是如此，包括却不限于悲喜，不会有一个显示器，可以显示此时一个笑容满面的人会有多么难过，也没有任何显示器可以表示一个泪眼婆娑的人内心会有多少狂喜，你所能感受到的情感只是一个人想让你感受到的，人的大脑是让人不可知的存在，并不像某些共享神经中枢的低等生物一样简单，无法共享，谈何互通，痴人说梦罢了。

七

沉默是避免伤害的一种方式。很久之前，这句话就出现在我语文摘抄本上。从这几个字誊录到我的本子上时，我就对这句话有着自我的认同，而今我把它拿出来，和子玮一起做了较深的探讨。

子玮：沉默，与之对立的可以说是交流，语言的交流是人类进化史上的一大标志性里程碑，古人苦心孤诣由肢体语言进化到文字，统一标准文字，统一标准语言，就是为了人们方便交流，因此，我觉得放弃交流选择沉默，本就是一大退步。

我：沉默不是无端而起的，有些时候看得多了，经历得多了，就会明白这种沉默，而喜欢这种沉默。在遭遇到来自别人异样的眼光，或是不可描述的指责，选择沉默无疑是一种好的方式，这种沉默是对这种不平的无视，避免了双方正面的冲突，对自己也是一种保护。

子玮：沉默不仅会伤害自己，还会伤害别人，交流感情才能使情感得到发泄，才会把一件事情对人的伤害降到

最小。人类的情感本不互通,沉默不会使人的悲喜互通,沉默只会让人不可知、不可领会你此时心中的想法,人与人之间交流极其重要,不可能指望一个人,哪怕是你的亲人、爱人、最好的朋友,仅仅一瞬间就可以领会你此时的喜怒,交流可以弥补感觉方面的空缺,而沉默不会。

我:毫无疑问,交流是可以解决一部分问题的,但这并不是一个短暂的过程,需要双方能够听得进去,也同意选择并接受处理问题的方式,显然达成这种共识是需要很多条件的。有很多时候,交流和协调是解决不了问题的,而且耗费时间和精力,得到的结果也不尽人意,沉默替代了不必要的争吵,对双方来讲是一种较好的方式,这种沉默转变成淡忘,纠结与矛盾也就自然化解了。正如大自然在自我调节的时候,虽是缓慢的过程,但也是最好的方式。

子玮:人无法孤军奋战,因为,有时候连自己都不可靠。你当前应该融入你的团体,你的周遭环境都得有你的存在。你通过倾诉或是倾听融入团体。别人来找你倾诉,是想知道你的看法观点,自以为是的沉默还是会对别人造成伤害,沉默不是避免伤害的最好方法。而基于情境,两个人或者一群人之间出现了矛盾,难道说一个人触到了别人的痛处,戳到了别人的痛处,对方就一定要宽容大量,不计较,不生气，如果是朋友，两个人彼此沉默，不交流想法，错误的一方不道歉，选择冷处理，占理的一方不原谅，这样的结果只能是两败俱伤，所以说这不是避免伤害的一种方式。

我：沉默不仅仅是避免矛盾的好方法，也是解决矛盾的一种方式。当人在无理取闹之时，不要试图去劝说，你需要选择沉默，学会沉默。就如"沉默效应"而言：其中一方如果选择沉默不语，那么对方也就会跟着沉默。

如你所说，如果朋友之间闹了矛盾，是需要交流的，这是对的。我的看法是，在闹矛盾之后，是需要先选择沉默再考虑交流的，那种沉默是安静，是平静自己的内心，让自己和对方都能够静下心来仔细想想，自己所作所为是否正确。而在争吵当中交流必然会造成新的争吵，那时人心里想的只是占据上风，不管道理也无关对错。沉默不是一直沉默，交流也不是万能钥匙，仅仅是合乎时宜罢了。

八

那年最后一次辩论，是和子钰一起，题目是：世上唯一不变的是人都善变，她认为这是错误的观点，我则认为这是正确的。

子钰：人是会改变的，但并不是善变的，每一个决定

之前必定是经历了一些事情,每一个改变都是深思熟虑后的结果,所以不能说人都善变。根据自己目前所处的环境去选择要改变的东西,这是本性的选择和驱使。

我:人来人往,人生几何,时间是个奇怪的东西,世间是个奇怪的容器。身在其中,有些时候你不得不去做一些事情,由外部环境改变自己的观点,本心和结局不会每每契合,我们或多或少都在变化,这种改变就是善变,人是善变的,这种善变是世间唯一的不变。

子钰:虽然会被外部的环境被迫改变自己的选择,但是这种选择不是内心想选的东西,不是自己本心想去变化的事情,归根到底只能说,只有自己不够强大,才会被外部环境和舆论驱使自己去改变,不能说人都是善变的。

当一个人足够厉害,有足够的能力,外部的环境和舆论根本就影响不了他的选择。

我:变色的蜥蜴,异形的蝴蝶,会因外部的环境变化而变化,保护自己。高于此类的便是人,人的善变更为高级,但目的想必是一样的,为了安全,为了人设。我见过一些人,见人说人话,见鬼说鬼话,这是必然的,也是人际交往的金句。在这种情况下,誓言可以成为空话,朋友可以背叛,爱情可以放弃,诸如此类,我们遇到的不胜繁巨。

除此之外，我们小小的选择在别人看来也是变化，那种选择可能不是我们的风格。善变的人心里清楚，别人也看在眼里，只是我们不愿承认罢了。

后记

走了很远的路,写了很多的字,我深知还有很长的路要走,也还有很多的字要写,但这个过程是需要时间沉淀的,正如本书呈现在读者面前的这一过程。

对于本书,我要首先感谢我的父母和姐姐的支持与鼓励;同时,感谢为本书提供照片的朋友,他们分别是王克棣、王明庆、赵恩然;另外,感谢高思程、罗保星对本书书名的题字,特别感谢本书责任编辑富翔强及出版过程中审读、校对和设计的相关工作者,感谢他们的辛苦付出;最后感谢所有为本书奉献时间与精力的朋友。

最后的最后,感谢所有邂逅本书的读者,如果您能够静下心来,仔细品味,将是对我最大的肯定与鼓励。